LOS CEREZOS NEGROS

ERNESTINA SODI MIRANDA

LOS CEREZOS NEGROS
© D.R. Ernestina Sodi Miranda, 2014

Primera edición: septiembre de 2014

D. R. © 2014, derechos de edición mundiales en lengua castellana:
Santillana Ediciones Generales, S.A. de C.V., una empresa de
Penguin Random House Grupo Editorial, S.A. de C.V.
Av. Río Mixcoac 274, col. Acacias, C.P. 03240
México, D.F.

© Ilustraciones de cubierta e interiores: Marina IA
© Fotografía de la autora: Marina IA

www.sumadeletras.com/mx

Comentarios sobre la edición y el contenido de este libro a:
megustaleer@penguinrandomhouse.com

ISBN: 978-607-11-3531-5

Impreso en México / Printed in Mexico

La gratitud en silencio no sirve a nadie.
Y es por esto que lo grito a los cuatro vientos:

Al norte, Camila;
al sur, Marina;
al este, Jerónimo
y al oeste, Fiona.

¡Gracias!

Los amo.

El viento frío
indiferente
pasa ante la muerte.

Matsuo Basho (1644-1694)

Las cenizas del gran *oyabun* de la región del centro de Japón están depositadas solemnemente en una caja de maderas preciosas que gobierna un altar ceremonial. Frente a ella, los yakuza desfilan para darle el último adiós. Es un recinto austero pero amplio, de paredes decoradas con colores grises y rosas. Hay en las paredes grandes fotografías del muerto, así como estandartes de lienzo blanco con el nombre del oyabun y las condolencias a la familia. Los deudos se acercan para encender inciensos; a cada inclinación proclaman la libertad del espíritu del fallecido.

Todos van ataviados con magníficos kimonos de color negro; algunos son de seda con estampados de pequeñas flores blancas; otros visten de algodón negro con estampados a rayas de color anaranjado o amarillo, símbolo de realeza. Las mujeres van cubiertas con capas blancas, que se acostumbran cuando se realiza un velorio. Todos, sin excepción alguna, están descalzos. Inclinados, hacen un sonido gutural semejante a un mantra. Casi nadie llora; ocultan sus tristes rostros bajo sus largas mangas.

El nuevo oyabun se acerca y con gran respeto se inclina hacia los restos de su antecesor. Ceremoniosamente y con delicadeza abre la caja. Se quita los guantes blancos y se lleva el dedo índice a la boca para humedecerlo; lo introduce en las cenizas y lleva nuevamente su dedo a la boca; traga las cenizas y cierra los ojos; es un trance ceremonial, ha incorporado a su antecesor dentro de sí. En esta comunión, el alma del oyabun fallecido parece recorrer el camino a su origen. Después, todos los presentes hacen lo mismo. En sus rostros se ve la satisfacción de saber que, de hoy en adelante, tienen algo del oyabun fallecido dentro de ellos. Es el ritual de retorno necesario para sellar la unión.

Acompañado del sonido de tambores que marcan el ritmo del adiós, un monje canta un sutra.

La luna llena
no importa a donde vaya,
el cielo me es ajeno.

Chiyo-ni (1703-1775)

Es una mañana soleada de sábado en la Ciudad de México, las diez del 12 de marzo de 2011.

Aurora, de cuarenta y un años, se encuentra frente al televisor y escucha en el noticiero: "Fuerte tsunami en Japón devastó por completo el poblado de Fukushima".

Lágrimas de rabia salen desde lo más profundo de su ser y piensa: "Ese maldito pueblo tenía que ser sepultado". Sin dejar de ver el aparato, recorre el estrecho pasillo de su departamento polvoso, desvencijado y nada atractivo; está lleno de tapetes raídos y los muebles son la descripción perfecta del estilo ecléctico de quien suma una lámpara aquí o una mesita allá, sin orden ni armonía.

Abrumada, con un chongo mal hecho y encanecido, con una sudadera sucia que usa como bata y unos pantalones de piyama descoloridos, se para frente a la barra que divide la cocina de la estancia y de inmediato se prepara un café al tiempo que prende su tercer cigarrillo de la mañana. Toma el teléfono; marca el número de Verónica. Le contesta una secretaria.

—Sí, ¿diga?

—Con la señora Verónica, por favor.

—¿De parte de quién?

—De Aurora, su prima.

—Un momento.

La secretaria se aleja con el aparato en la mano y camina por la lujosa residencia en una de las mejores colonias de la ciudad. Sobre el piso de mármol blanco destacan grandes jarrones con plantas exóticas y un sinnúmero de esculturas de reconocidos maestros como Botero, Sebastián, Marín…

Los cuadros de las paredes son legítimas obras de arte, entre las que se puede ver un Goya, dos Tamayo y un Frida Kahlo. El gusto exquisito de la dueña parece desmentido por la grandilocuencia de la casa, amplia, sin que aparezcan a primera vista espacios íntimos o para el recogimiento. Todo ahí parece exagerado.

—Señora, tiene una llamada de su prima Aurora —dice la secretaria, entregándole el teléfono inalámbrico.

Verónica, recostada en una tumbona del jardín frente a la alberca, con su larga cabellera suelta y un minúsculo bikini de color turquesa que hace contraste con su piel bronceada por el sol, toma el teléfono. Antes de contestar, le da un sorbo a su copa de chamapaña.

—¿Bueno?

—¡Verónica! ¡Prende el televisor! ¡Fukushima está en todos los canales, la maldita ciudad está destrozada!

Verónica va a la cantina que está en el jardín y enciende una enorme pantalla de plasma:

Un terremoto de magnitud 8.8 grados en la escala de Richter sacudió la costa de Japón y ha provocado un tsunami con olas de hasta diez metros que alcanzó la ciudad de Sendai, donde el agua destruyó todo a su paso, incluyendo casas, coches, barcos y granjas, y ha llegado hasta los edificios. En el noreste del país las autoridades niponas han declarado emergencia después de que la central nuclear Fukushima Daiichi se viese dañada por el sismo. En su reactor número 1 se registra esta noche un nivel de radioactividad mil veces superior a lo normal. La provincia de Fukushima ha sido devastada por completo. Más de mil ochocientas viviendas han sido destruidas. A la fecha, es el temblor más fuerte que Japón haya tenido en ciento cuarenta años.

Según la policía local, se han encontrado al menos 351 cadáveres sepultados bajo los escombros dejados por el tsunami, pero fuentes oficiales hablan ya de hasta mil víctimas, entre fallecidos y desaparecidos.

Las dos, cada una en su contrastante realidad, mientras escuchan, miran al infinito preguntándose: "¿Cuántas de ellas habrán muerto?".

Empiezan a recordar...

Deshojados los sauces
se secó el manantial
piedras dispersas.

Yosa Buson (1716-1783)

El señor Okajara entra al elegante recinto vestido con su kimono ceremonial, de color blanco, bordado con hilo de oro y engalanado con dragones que tienen lenguas de fuego rojo. Su porte es majestuoso.

Lo miran más de quinientos hombres perfectamente vestidos y alineados. El cabello negro brillante, igual en cada uno de ellos, contrasta con la blancura inmaculada de sus trajes de tipo occidental. Todo en ese espacio revela poder; el estampado de los kimonos de las bellas mujeres que en silencio adornan, como las grandes flores rojas que decoran el lugar, completa la atmósfera de magnificencia. Todos esperan sentados sobre sus pantorrillas.

El silencio colma el aire mientras Okajara camina y todos se inclinan con reverencias, tanto que parece que sus frentes quedarán impresas en el piso. Hay respeto y fervor, y tal vez algo más: está entrando el nuevo jefe yakuza. El señor Okajara pasa por un pasillo de cuerpos prosternados y se sienta solemnemente en el centro.

La voz de Okajara resuena en el recinto:

—Después del fallecimiento de nuestro padre oyabun me enaltecen eligiéndome, por herencia de sangre y linaje, como su nuevo jefe oyabun de la prefectura de Fukushima en la región de Tōhoku de Japón. Continuaremos con nuestra tradición, seremos la familia yakuza más grande del Japón y buscaremos crear alianzas con los oyabunes de las otras regiones, para poder unificarnos con los miles de yakuzas existentes. Trataremos de construir el mayor sindicato del crimen organizado que exista. Somos un Estado. El Estado es un hombre y sus partes o miembros no pueden ser separados. Para esto, necesito junto a mí y en absoluta lealtad sólo a quienes son grandes representantes de esta familia.

El señor Okajara tiene cuarenta y cinco años cuando se convierte en el gran oyabun, padre de todos los yakuzas de esa región de Japón.

El nuevo líder supremo es viudo; no se sabe cómo y en qué circunstancias murió su mujer. Se presume que él tuvo que ver con su muerte.

Es un hombre corpulento, cuyo porte no sólo expresa vigor, sino que de él emana una gran dignidad a través de sus ojos profundos, grandes y penetrantes. Su piel bronceada parece palpitar durante la ceremonia; hay firmeza en su boca, cuyo labio inferior es carnoso, sensual. Las orejas pequeñas y el mentón recio lo hacen ver como un jefe decidido y, a la vez, atento a la responsabilidad que está asumiendo. Es frío, duro, ambicioso, callado e inflexible. En el fluctúan dos naturalezas, que a lo largo del tiempo aparentemente ha logrado equilibrar: es un asesino sin remordimientos y un amante de la naturaleza.

—Es momento de sellar el pacto de honor. Estoy ante ustedes para realizar nuestro sagrado juramento. La fidelidad y la obediencia ciega son su deber. Como todos saben, las afrentas se pagan en carne propia. El yakuza que quiebre el código de honor deberá amputarse la falange del dedo meñique y entregarla al padrino.

El señor Shujei, segundo del nuevo oyabun, mira involuntariamente su meñique amputado. Con una mueca de dolor recuerda el momento en que le fue cortado a la manera en que lo dicta el código: delante de diez miembros de la familia. En la mesa del restaurante donde se encontraban le asestaron un solo corte con un gran cuchillo filoso. Un golpe bastó para que una parte de su cuerpo cayera al piso y Shujei, haciendo a un lado el dolor, adquiriera conciencia de la dignidad perdida por su falta. Dignidad que restituyó con esa parte de su mano. De inmediato, después de hacer las reverencias del perdón y de la aceptación, recogió el trozo amputado, la huella de algo que nunca olvidaría, en un pequeño pañuelo blanco que se tiñó de sangre como una amapola. En su casa, su esposa lo esperaba ya con lo necesario para curar la mano herida y el frasco con formol donde guardaría la falange llena de significado.

En silencio todos, algunos con mayor precisión por haber padecido la experiencia, recuerdan el significado de *shiniyubi*, la sangrienta ceremonia de amputación. También se pueden amputar dedos para "pagar" una afrenta a otro clan (*ikiyubi* o dedo vivo). Si la ofensa es muy grave, el yakuza es expulsado o asesinado.

—...los que no estén preparados serán expulsados y deberán entregar uno o varios dedos. Son conscientes de que la aplicación y el cumplimiento del código de lealtad los obligan entregar su vida o parte de su cuerpo para que todos sepan que pertenecieron y fueron arrojados de la gran dinastía yakuza, herencia de los grandes samuráis. Tenemos gran parte del control en Japón. Los negocios de droga y armas están más fuertes en los demás distritos. Pero nosotros tenemos la fuerza en la trata de mujeres, la prostitución, los bares, los karaokes, los salones de masaje y las discotecas. El manejo del alcohol es casi nuestro. Tenemos que acrecentar la introducción de la droga. Quiero que lo hagamos en silencio. Sin enemistarnos con ninguna de las familias. Estamos considerados como uno de los distritos más ricos. Y así tenemos que permanecer. Tendré que modificar nuestra estructura y asignarle a cada uno de ustedes su trabajo.

El señor Okajara habla y observa con satisfacción a los miembros de su familia, que forman hileras geométricas, donde los espacios están perfectamente delimitados, creando esa sensación de simetría oriental tan estimulante para los sentidos y tan propicia al orden y a la calma. Entre cada dos miembros hay una geisha en medio; frente a ellos una mesita laqueada en negro, en la que hay una jarra de sake con el nombre del nuevo jefe.

Las jarras de cerámica blanca conmemoran el ascenso del nuevo oyabun. Las geishas las toman y las levantan esperando la orden para servir el licor en los vasos tradicionales.

—Como el nuevo jefe oyabun, yo, Okajara, los acojo a todos ustedes. Soy su nuevo padre. Ustedes son mis nuevos hijos: mis *kobunes*. Nuestro trabajo será buscar, entre los veintidós grupos principales de yakuzas, la unificación de la mayoría. ¡Seremos la familia más grande! Es por Japón que les propongo que digamos salud. Por esta familia que de hoy en adelante se llamará la familia Blanca. Nuestros atuendos de hoy en adelante serán siempre blancos, al igual que nuestros coches e insignias. Levantemos nuestras bebidas y brindemos. ¡Por nuestro honor, lealtad y unión!

Con su nueva identidad, todos levantan sus vasos y brindan.

—¡*Kanpai, kanpai*!

—¡Salud, salud!

—¡Por el nuevo oyabun de Fukushima!

Da inicio una nueva era en la estricta y deshumanizada organización fuera de la ley.

El festín cubre las mesitas y el sake fluye como los ríos de sangre y de temor que pronto empezarían a correr. Sushi, pescados fritos, carne de Kobe, ostiones Kumamoto, el tan preciado atún azul, o el toro. El salmón crudo y en hueva. La ensalada de algas marinas...

En medio de ese esplendor se palpan el poder, las jerarquías, y puede olerse la adrenalina; un mundo de tinieblas y de riqueza, de negociaciones revestidas de miedo y amenazas para obtener las más altas ganancias.

El oyabun Okajara mira satisfecho su nuevo imperio.

¡La brisa refrescante!
Una mujer con el cabello despeinado
mira para otro lado.

Masoaka Shiki (1867-1902)

Al mismo tiempo, en el continente americano, en México, donde todavía es de noche nadie sabe que se da un brindis de honor por el nuevo oyabun de la mafia japonesa. Aurora y Verónica duermen.

Por la mañana, al despertar, las primas no ocultan su alegría de estar juntas. Verónica lleva un mes en la Ciudad de México, viviendo en casa de Aurora. Vino contratada por la agencia de modelos Cosmopolite para hacer diversos comerciales, lo que le permitirá, sobre todo, tener un poco de independencia. Está harta de cómo la tratan sus padres; no entienden que ya dejó de ser una niña, que ya creció. Para ella no hay mejor sitio que estar al lado de su mejor amiga, su prima Aurora. Crecieron juntas hasta antes de que se fuera con sus padres a Estados Unidos, donde pensaron que estaría mejor cuidada, lejos de la atmósfera de peligro que corroe a su —a pesar de todo— amado México.

Mientras desayunan, se cuentan acerca de sus ilusiones y de lo que harán juntas; esa ingenua complicidad que todo lo resuelve y para la que no hay obstáculos. Verónica le dice a Aurora:

—Estás tan bonita que todos en la agencia se volverán locos al conocerte. No siempre se tiene esa cara tan perfecta. Ve nada más, eres una belleza. ¡Vamos a ser la sensación en la agencia!

—Pero, Verónica, la modelo eres tú.

—Sí, prima, pero aprovechemos nuestras diferencias. Yo soy rubia y de ojos azules; tú eres castaña. No vamos a tener competencia.

Aurora, que ha empezado a alimentar la idea de tener un poco de dinero extra, además de lo que gana por sus clases de cocina, le dice:

—¿Sabes? Creo que no estaría nada mal. Así junto dinero para poner mi escuela de gastronomía.

Con sus anhelos a cuestas, las primas se dirigen a la agencia de modelos. Al entrar se quedan maravilladas al ver grandes cuadros fotográficos con los rostros de modelos y portadas de revista. Verónica se acerca a la recepcionista.

—Hola, tenemos una cita.

En un sillón de piel gris, frente a la recepción, está Laura: una mujer de cuarenta y dos años, con mucho porte y la pierna cruzada, lleva un vestido entallado sin tirantes, se encuentra leyendo una revista, hasta que la voz de Verónica la hace apartar su mirada. Observa a las dos jóvenes que han entrado a la agencia. Mira un segundo a Verónica y gira su atención hacia Aurora, cuya belleza, a pesar de no quererlo admitir, le da envidia. Olfatea una oportunidad. Sin que ellas se den cuenta, cierra la revista y se levanta del sillón de piel gris. Da un par de pasos y, al girar, Verónica y Aurora se topan con ella. Es una mujer alta de ojos grandes y cafés.

—Hola, Verónica, ¿cómo estás?

En el mismo tono:

—Muy bien, Laura, ¿y tú? Ella es mi prima Aurora. Por fin la convencí de que haga algunos cástings. A ver cómo le va.

—Yo soy Laura —se presenta y mide a Aurora con una mirada encantadora—, prácticamente la fundadora de esta agencia. ¿Cómo es que van a hacer cástings siendo tan bonitas? ¡Ay no! ¡No, niñas! Creo que las dos están desperdiciándose. Cuando yo tenía su edad, me fui a Japón. Allá sí pagan. Las latinas somos las reinas. Se pelean por nosotras. Deberían aprovechar su juventud y probar fortuna y fama.

Verónica mira a Aurora y abre grandes los ojos para que vea la gran oportunidad que pueden tener. Laura sonríe y continúa su labor de convencimiento.

—Conozco la agencia de modelos número uno de Tokio. Son muy profesionales, sólo les digo que si les gustan sus fotografías, de inmediato van a llamarlas para que firmen un contrato con las mejores condiciones. Fíjense bien, acostumbran pagar los boletos de avión y, mientras se instalan, los primeros meses la agencia corre con los gastos; las hospedarán en un gran departamento que compartirán, ¿no les parece extraordinario y una gran experiencia? Se codearán con otras modelos de distintos países; pueden estar con brasileñas o rusas, puras celebridades en sus países. Además, la cosa no para ahí, al principio su sueldo inicial será de cinco mil dólares. Los años que pasé ahí fueron los más divertidos, me hice famosa y gané todo lo que quise. Miren, muchachas, con lo que gané en mi primer viaje compré la casa en la que vivo… Pero ya saben, un pequeño tropiezo: olvidé ahorrar para los tiempos difíciles. Por eso y porque, ustedes saben, esta profesión del modelaje es tan gratificante, sigo trabajando. Háganme caso. Si quieren puedo ponerlas en contacto con la agencia en Japón.

Entusiasmada, Verónica le pregunta:

—A ver, a ver, Laura, ¿cómo está eso de que pagan cinco mil dólares?

—Sí, Vero, ellos saben del negocio y cuando intuyen, como yo, que una chica tiene futuro, le invierten desde el principio. Pero no se hagan muchas ilusiones, primero tienen que armar su álbum de fotografías, después mandarlo y, por último, aquí es donde nos comen las ansias, esperar a que ellos se comuniquen conmigo y saber si les interesa trabajar con ustedes…

La recepcionista interviene:

—¿Laura?

—Lo siento, chicas, me tengo que ir. Piensen lo que les digo. ¿Tienes mis teléfonos, Vero?

Verónica niega con la cabeza. Laura se saca del pecho una tarjeta de presentación y guiñando el ojo se la da.

—Llámame…

Las dos primas, cada una con sus sueños, con el asomo en sus mentes de una ambición que las hace verse triunfadoras, tardan en mirarse una a la otra.

Al salir de la agencia, mientras se dirigen a casa, Verónica y Aurora comentan sus posibilidades de ir a Japón y cómo conseguirán el permiso de sus padres, a quién llamarán para que les tome las fotografías y sobre lo urgente que es hablar con Laura.

En sus recámaras, cada una empieza a soñar.

La habitación de Aurora está adornada con carteles de cantantes y de platillos de alta repostería. La foto de su novio Alejandro abrazándola resalta en el buró.

Ella la ve y sonríe. Es una joven de cabellos largos color marrón, con ojos grandes y de piel blanca, tanto que contrasta con sus labios rojos. Delgada, con muy buenas formas, sus piernas son espectaculares, pero su rostro es como de una muñequita de porcelana. Tan perfectas son las facciones que cuando sale a la calle siempre recibe un halago. Pero ella no está pensando en su físico. Ella siempre está enamorada del amor, aunque enamorarse esté en pugna con su sentido común y del deber. Es seria y muy comprometida con el prójimo. Le encanta su familia y le fascina cocinarles. Ésa es su mayor muestra de cariño para los que ama. Ya se imagina aprendiendo cocina oriental con técnicas que nunca ha probado y que harán de ella una de las mejores chefs del mundo. Pero ¿y su novio Alejandro?

"Bueno, tendré que convencerlo —se dice— y le haré una gran cena de despedida. Sé que me entenderá y que nuestro amor va a crecer con la distancia. ¡Te amo, Alejandro, te amo!", grita mientras abraza su almohada.

Verónica es una rubia impetuosa, con otro tipo de belleza; una más salvaje, de ojos inquietantes, cuerpo escultural; llena de dinamismo, perspicaz y curiosa de lo que la vida pueda ofrecerle; un poco desconfiada, no le gusta estar en manos de nadie, solamente de ella misma. Es astuta y ambiciona la riqueza material, y si no ha ido más allá para conseguirlas se debe, así lo piensa ella, a que la oportunidad no se ha presentado: "Japón, Japón, mi Japón. Yo iré a ti, porque tú ya eres mío".

Cada una ha tomado ya la decisión que las hará triunfar en el país oriental. Saben que su belleza es la llave que las convertirá en dos modelos codiciadas y triunfadoras.

La llamada tan esperada se produce:

—Disculpe, ¿está Verónica? De parte de Laura.

—¿Sí?

—Verónica, ya tengo la aceptación y los papeles que hay que firmar. Quedaron muy complacidos con las fotografías que les mandamos. Y me informaron qué era lo que ellos estaban buscando. ¿No te parece increíble?

—Me encanta, Laura, pero tenemos que convencer a nuestros padres.

—No te preocupes, si tienes problemas yo voy a hablar con ellos. ¿Estamos?

—Estamos —contestó Verónica con una gran felicidad.

El enfrentamiento con los padres fue casi una catástrofe que las primas calificaron de intransigencia y entrometimiento en sus vidas y en su futuro. Sus argumentos eran —cuando no estaban furiosos— que estaba bien que se dedicaran a modelar, pero que no necesitaban salir del país y menos irse a uno tan lejano, del que desconocían el idioma y las costumbres, y que quién estaría con ellas para cuidarlas y velar por su seguridad. Sus madres, que eran hermanas

(Adriana vivía en Estados Unidos y María en México), se hablaban constantemente para hacer frente común y convencer a las hijas de lo descabellado de su proyecto.

Aurora y Verónica les reprochaban que no quisieran darles su independencia y que creyeran que eran todavía unas niñas inocentes y sin conocimiento de la vida.

Fue entonces cuando llamaron a Laura para que, con su gran experiencia, intercediera por ellas y lograra convencer y tranquilizar a sus padres.

La tarde de la entrevista, Laura llega a casa de los padres de Aurora con un despliegue de sobriedad en su vestimenta que enmarca su belleza madura y que busca, más que impresionarlos —así se los dijo a ellas—, ganarlos para la causa de los sueños legítimos de las muchachas.

Laura, Aurora y Verónica están sentadas frente al teléfono, que está en función de altoparlante. También están presentes los padres de Aurora y su novio, Alejandro Beltrones.

Adriana participa desde Estados Unidos:

—¿Hola? María, estoy muy preocupada por la locura que les entró a estas niñas. Cuando Verónica me dijo que quería ir a México, me explicó que quería hacer unos proyectos de modelaje y estar con ustedes. Ya sabes cómo se quieren las primas. Pero esto se sale de control. ¿En qué momento decidieron ir a Japón y con quién?

—Mira, hermana —le contesta María—, yo no sé qué pienses tú. Pero Jorge y yo estamos en desacuerdo. Es una locura. ¿Qué vamos a hacer? Nos dicen que es la oportunidad de sus vidas. Aquí está la señorita Laura para hablar con nosotros, ella es la representante de la tan afamada agencia.

—María, confío en ti. Y espero que esto solamente sea un juego.

Laura, calmando la situacion, dice:

—Señores, sé que parece descabellado, pero sus hijas son hermosas y ésta es una gran oportunidad para ellas. Sé que son padres preocupados por sus hijas, pero yo, como modelo y mujer que ha vivido allá, les puedo asegurar que en todo momento estarán vigiladas, que no saldrán sin custodios y que ganarán mucho dinero. Es un gran trabajo.

Los padres de Aurora lo dudan:

—Mmm… no, no. No estamos seguros, tendríamos que pensarlo.

Aurora les reclama que ya es mayor de edad y mira a su novio Alejandro, que no le ha soltado la mano ni un segundo. Además, trata de convencerlos con el argumento de que es solamente una temporada. Alejandro en absoluto está contento, pero no dice nada porque no es su responsabilidad opinar.

Verónica añade:

—Laura dice que nos van a cuidar todo el tiempo.

—Díganos, señora Laura, ¿quiénes son las personas que requieren del trabajo de nuestras hijas? ¿A qué las comprometen los contratos? ¿Por qué en Japón? ¿Cuánto tiempo estarán ahí y en qué lugar específicamente?

Laura contesta con aplomo y con una amabilidad estudiada que disfraza a la perfección su complicidad con las jóvenes:

—Señor Dávila, señora, estoy apelando a sus recuerdos de cuando eran jóvenes y estaban llenos de sueños, cuando sus ilusiones eran la medida del mundo y toda ambición parecía poca. Usted es tan hermosa como su hija, y ahora veo que la presencia la heredó de su papá. Es un trabajo tan seguro como cualquiera; yo soy ejemplo de eso. Por años sólo he recibido el mejor de los tratos. Todavía hoy me tienen en gran estima, al grado de considerarme una especie de agente que busca modelos con características extraordinarias, como las de su hija y su sobrina, para encumbrarlas. La empresa interesada en trabajar con ellas es de las más prestigiadas en todo el mundo: la multinacional Oriental Models America, seguro que han oído hablar de ella —al decir esto, mira con una sonrisa encantadora al señor Dávila—. Les fascinaron las cualidades de Aurora y Verónica, al grado de que sin más pruebas ni entrenamiento, ¡van a lanzarlas como grandes modelos a nivel internacional! ¿Saben lo que eso significa? Su estilo es único y, crean en mi experiencia y buen ojo, les auguro un gran éxito. Tengan fe en mí. Cuando envié sus fotografías las recomendé ampliamente porque veo en ellas virtudes artísticas y las ganas de triunfar. Confíen en mí, ellas crecerán como seres humanos. Lo demás son trámites, burocracia y papeleo; el acostumbrado. Los contratos se firman al llegar a Japón, una vez que obtengan los permisos para trabajar allá. Su estancia será exclusivamente en Tokio. La agencia tiene casas y departamentos exclusivos para hospedar a sus modelos y siempre estarán bajo el cuidado del personal de confianza para que se sientan seguras. Su futuro aquí en México puede ser bueno, pero limitado. ¡Imagínense lo que van a lograr allá! —Antes de irse Laura les dice—: Les prometo que van a estar muy bien cuidadas.

El verde ciruelo
y una mujer tentada
por un plan perverso.

Chiyo-ni (1703-1775)

Sentados sobre sus pantorrillas aguardan en silencio a que el nuevo oyabun se dirija a sus hijos adoptivos.

El oyabun, el señor Okajara, recorre con la mirada a su nueva familia.

Unos cuantos gozaron de educación exquisita, otros, la mayoría, son jóvenes sin hogar, sin padres: delincuentes sin más salida que ser yakuza. Lo que todos tienen en común es que están al margen de la ley, en contra de ella y de la sociedad, unidos por juramentos de sangre.

Arrodillados frente al gran oyabun Okajara, guardan silencio, pues son partícipes de un rito de iniciación. Frente al gran oyabun y separándolo de sus nuevos hijos, hay un gran platón de bronce laqueado en negro, de donde emana fuego.

—Acérquense —dice el señor Okajara; es más una orden que una invitación.

Los dos yakuzas a quien llama se arrodillan frente al "padre", separados por el fuego. Extienden las manos acercándolas a un lado del calor desgarrador de la hoguera ceremonial.

El oyabun Okajara toma la daga ritual y, agarrándolos de las manos, les pincha las yemas de los dedos y hace gotear la sangre que esparce sobre las llamas. Les toma las manos y las pone en el fuego, donde empiezan a quemarse.

—Señor de lo Oculto —dice Okajara solemnemente—, te pido que recibas a estos dos nuevos servidores de tu clan. —Mira a los hombres con fijeza, como infundiéndoles una fuerza desconocida, y les ordena—: Repitan conmigo: "Señor, te entregamos nuestras almas y nuestras vidas para pertenecer a la familia Blanca. Juramos obedecer y servir sin miramiento con toda la dignidad y la fuerza con las que somos investidos el día de hoy".

Los hombres repiten las palabras del oyabun mientras soportan el terrible dolor de las quemaduras. Okajara pregunta:

—¿Juran ser de hoy en adelante miembros de la familia Blanca y obedecer incondicionalmente lo que se les ordene?

—Lo juro.

—Éste es su juramento de lealtad a su familia —dice Okajara—. La sangre derramada está simbolizada por el sake, mezclado en esta ocasión con escamas de pescado y sal. Esto impide que nuestra unión se desanude.

El gran padre suelta las manos de los nuevos yakuzas, quienes las retiran del fuego. Okajara mira con severidad a una geisha, la más bella del recinto, elegantemente vestida de dorado, quien se acerca en silencio y escancia con cuidado la bebida al señor Okajara. La de él tiene que llegar al borde de la taza; los nuevos yakuzas reciben de las geishas que los acompañan mucho menos. Al beber e intercambiar las tazas, los kobunes sellan su compromiso.

—Les recuerdo —dice Okajara de manera imperiosa— que sus esposas e hijos han pasado a un segundo plano. Su obligacion es atender a la familia Blanca.

En ese momento, cinco yakuzas se paran frente al señor Okajara y se despojan de sus batas blancas. Quedan tan sólo cubiertos por sus taparrabos; de manera orgullosa, muestran al público sus tatuajes, el lenguaje simbólico secreto de la familia yakuza, el código que expresa las cualidades y la jerarquía de cada uno de los integrantes. Una de las condiciones para pertenecer a la mafia japonesa es tener la fortaleza para soportar la rudeza de ser tatuados a la usanza tradicional. En la familia yakuza hay muchos tatuadores, pero hay un solo maestro, o *sensei*, que indica a todos cómo debe hacerse el tatuaje. Un artista del tatuaje tradicional aprende por años junto al maestro; parte de su aprendizaje consiste en ser, además de aprendiz, un servidor del maestro; mezclan tintas y copian cuidadosamente los diseños que están en los libros antiguos; practican sobre sus propios cuerpos. Antes de que se les permita tatuar, deben dominar los complejos estilos de sombras.

El maestro Hiroshi enseña a sus alumnos a tatuar con caña afilada de bambú, con la que se inocula la tinta que ha sido utilizada por cientos de años: es la tinta Nara o negro Nara, que se torna verde azulada bajo la piel; ahora se sabe que esta tinta es sumamente tóxica, tanto que si los tatuajes son muy numerosos, las personas mueren por complicaciones hepáticas. Los tatuajes forman un lenguaje: signos con los que los yakuza comunican a los demás su posición en la organización y lo peligrosos y leales que son. Con ellos cuentan sus propias historias; incluso se puede saber a través de ellos cuántas muertes cargan en su conciencia si es que poseen alguna, más allá de su obediencia absoluta al oyabun.

Los más fuertes se tatúan todo el cuerpo. Esto se conoce como *irezumi*, un tatuaje tradicional de cuerpo entero, ya que se decoran brazos, espalda, muslos y pechos. Los pies y las manos son intocables. Igualmente, dejan una línea sin tatuar en el pecho, para que la piel del cuerpo pueda respirar; así el envenenamiento del organismo se hace lento. Aunque parezca que el yakuza es fuerte porque se supone que resiste el efecto de la tinta, la realidad es que todo depende de las características de cada sujeto. Un irezumi completo puede tomarse de uno a ocho años de visitas semanales. Es muy costoso, pero para el yakuza, al formar parte del clan, le sale gratuito. El irezumi es la forma de mostrar su dominio sobre el dolor corporal.

Okajara dice, en referencia a los cinco hombres:

—Estos hombres son de los más valerosos con que contamos. Ellos han demostrado su fortaleza con el irezumi. Son nuestros libros encarnados. Que pase el sensei Hiroshi a explicar.

El maestro se para al lado del oyabun y con una gran inclinación muestra sus respetos.

—Kobunes, ustedes tienen diferentes rangos que están expresados en sus pieles. Pero el único que puede tener uno o varios dragones tatuados es el gran oyabun.

El dragón representa su gran sabiduría, su lealtad inquebrantable al clan y su salud de hierro; pero sobre todo, el poder para llevar a cabo nuestra empresa. Es el dragón rojo, el dragón invisible, el que nadie verá, mucho menos los representantes de la ley. Nuestros hermanos tienen diferentes tatuajes: serpientes que nos dicen que son los más astutos y sagaces, los que resuelven los problemas de inmediato; el caballo, que representa la velocidad, quien asesina lo tiene que hacer rápida y silenciosamente. El que lleva al tigre es el más inteligente y puede caminar de un lugar a otro con tal sigilo que nadie lo escucha. La primera regla que se nos impuso en este nuevo mandato es que toda la familia Blanca tenga tatuado un mono; representa la buena suerte, es rápido e inteligente y su mayor virtud es la codicia; le gusta dirigir y mandar y está capacitado para ello. Eso es lo que tenemos los yakuza, las cualidades del mono…

Mientras el maestro Hiroshi prosigue su explicación, el señor Okajara esboza una sonrisa.

"El viajero"
así seré llamado.
Primer chubasco invernal.

Matsuo Basho (1644-1694)

Sentadas en sus asientos del avión de Japan Airlines, las dos primas, con un ligero estremecimiento en sus cuerpos, miran emocionadas por la ventanilla; a las imágenes del aeropuerto se sobrepone lo que ellas imaginan que encontrarán en Japón. Se acomodan, se miran, sonríen. Aurora le extiende la mano, la cual toma Verónica sin saber por qué. Aurora cierra los ojos. Y dice:

—Diosito, te pido que nos cubras y nos protejas de todo mal. Haz que nuestro viaje sea un éxito y que sigamos tus designios. Gracias por la oportunidad que nos das. Amén.

Se persignan y luego miran a su alrededor dentro del avión. Casi todos los pasajeros son orientales.

—Qué caras —exclama Verónica—, ¡son espectaculares! Qué forma de vestir de los orientales, peculiar y elegante. ¿Ya viste el uniforme de las azafatas? Con esos gorros tan pequeños... ¡Qué emoción!

Al llegar su charola de comida oriental, las dos están tan entusiasmadas como unas niñas.

—Todo está en japonés —dice Aurora—. ¿Y esto qué es? Son unos fideos negros... Mira este arroz con hierbas.

Al mismo tiempo que se sorprenden, disfrutan los nuevos sabores que desde ese momento van a acompañarlas.

Al salir del control migratorio, Aurora y Verónica arrastran sus maletas de rueditas. En la puerta de arribo aguarda una mujer muy elegante con un letrero en mano que dice: "Oriental Models America".

—¿Aurora, Verónica? —ambas asienten—. Bienvenidas, soy Fernanda, encargada de las relaciones públicas. Cualquier cosa que necesiten, sólo díganme y haré lo posible para hacerles su viaje más placentero. Oficialmente quiero decirles: bienvenidas a Japón.

Mientras habla, las lleva al Shinkansen, el nombre del moderno y espectacular tren bala. Durante el trayecto que las conduce al poblado de Fukushima, Fernanda les pide sus pasaportes, credenciales y todo documento que sirva para identificarlas, argumentando que los necesita para realizar los trámites del permiso de trabajo y elaborar sus contratos.

—¿Qué documentos necesitan? —pregunta Verónica.

—De preferencia todos los que tengan. No se preocupen —responde Fernanda—. Es parte de esto… se los devolveremos en cuanto hayamos hecho los trámites. Sus documentos estarán seguros y a donde vamos, como es parte de la agencia, no necesitarán ninguno. Las cuidaremos en lo que dura el proceso. Por ahora disfruten el paisaje.

Felices de que la consumación de sus sueños está cada vez más cerca, acceden mientras comentan lo que van viendo en el camino. Sin saber a dónde llegan, Fernanda, de forma autoritaria, las hace descender del tren:

—¡Bájense, niñas, apúrense!

Fernanda comienza a caminar rápidamente, mientras Aurora y Verónica la siguen tan rápido como pueden. Atraviesan un estacionamiento de camino a lo que parece una bodega muy grande, similar a un hangar de aviones. Se ve impersonal.

Un escalofrío hace vacilar a Aurora, pero sigue el camino que Verónica traza siguiendo a Fernanda. Hay muchos vehículos lujosos y camionetas con logotipos de banquetes y otros negocios. A la entrada también van llegando más y más vehículos con chicas que al parecer también son modelos.

Aurora y Verónica entran a la enorme y fría bodega. El silencio domina las calles, que contrasta con el bullicio de ese lugar. Verónica mira con asombro a la casi centena de chicas que hay. Son todas de diferentes nacionalidades, la bodega está rodeada por guardaespaldas que no se mueven de su posición. Fernanda coloca a las primas en una esquina de la bodega, para no perderlas de vista.

Todas están viendo atentas hacia la parte delantera del hangar, de donde el bullicio parece salir a todo pulmón. Frente a ellas y del resto de las jóvenes, hay una tarima de dos niveles que alberga a diferentes hombres japoneses, todos y cada uno de ellos trajeados finamente.

Los hombres tienen en sus manos unos banderines triangulares de diferentes colores: rojos, azules, amarillos, verdes, morados, blancos, negros…; en la otra mano sostienen una paleta de madera tipo pizarrón, donde escriben números. Tienen su atención dividida entre las modelos que están en el lugar y las que siguen llegando, sin perder de vista a un hombre que está subido en un segundo nivel de la tarima, detrás de un estrado, con un mazo en la mano, quien agita su brazo libre frenéticamente, mientras grita a los hombres al mismo tiempo que señala a las mujeres.

Discuten agitando las banderillas mientras señalan a las diferentes chicas y borran de la paleta de madera lo que apenas escribieron. Pelean de forma impersonal pero agresiva. Parece un caos allá arriba. Los hombres de seguridad que están cerca de algunas chicas, en la parte delantera, las sacan del hangar jalándolas. Los gritos de las mujeres se opacan por los gritos de los que están en la parte superior de la tarima.

Entre los gritos de la multitud, dos hombres están discutiendo por Aurora y Verónica. Fernanda, al ver esto, alza uno de los brazos, sin rebasar la altura de sus ojos, atenta a los hombres. Los hombres señalan a Aurora y a Verónica. Ellas no entienden nada. Los bramidos han quedado entre dos hombres finamente trajeados, uno con un banderín verde y el otro con uno blanco, cuya elegancia contrasta con sus exclamaciones y la forma tan apresurada de escribir, borrar, escribir de nuevo y gritar señalando a las chicas.

Fernanda, que le está dando la espalda a sus chicas, sonríe levemente por la pelea que acontece allá arriba. Los hombres ahora están discutiendo y apuntando hacia las dos primas. Parece que entre los gritos han llegado a un acuerdo. El hombre que está en el estrado hace una señal en el aire para separar a las chicas una de la otra y, después, da un grito y golpea el mazo.

Los guardaespaldas salen de su aparente pasividad y agarran de forma brusca a Verónica y Aurora para separarlas. Verónica, asustada, le grita:

—¿Qué está pasando?

Aurora, en estado de shock, le contesta:

—¡Esto es una subasta y los lotes a vender somos nosotras!

Las dos reaccionan a la violencia de igual manera: se abrazan con todas sus energías. Los hombres hacen lo posible por separarlas, sin llegar a la violencia extrema. Ellas gritan desesperadas:

—¡No, no, no! ¡Suéltennos!

Los gritos han llamado la atención de todos. El hombre que está en el estrado llama a Fernanda, quien se acerca. Él sigue atendiendo los gritos de los demás hombres trajeados, quienes continúan con sus voces y gesticulaciones, pues cada uno está atento a sus intereses. Las mujeres que están cerca de ellas también se están alarmando, pero el miedo las paraliza. Fernanda se ha subido al estrado mientras los hombres comienzan a hablar con ella. Discuten unos instantes señalando a las mujeres que han dejado de ser jaloneadas por los guardaespaldas, quienes esperan una nueva orden. El hombre del banderín verde parece ceder, pues hace una reverencia corta al hombre del banderín blanco. Éste hace una señal a los de seguridad, quienes indican a las chicas que los sigan.

Ambas mujeres, aterradas y deseando no sufrir más jalones, acceden temerosas, con los ojos grandes y llorosos. Los gritos del estrado continúan sin parar, mientras Aurora y Verónica salen del lugar en silencio, impactadas por lo sucedido.

Las conducen a una de las salidas de la bodega, que ha sido bloqueada por la puerta trasera de una furgoneta. Hay hombres de seguridad en el perímetro. Las dos mexicanas siguen llorando. Antes de entrar a la camioneta ven que Fernanda se despide con una gran reverencia de los señores que están a su lado. Las mira por última vez y con una muy tenue inclinación se retira de sus vidas. Nunca la volverán a ver.

El hombre del banderín blanco es Hikoru, un varón extremadamente atractivo, delgado, con gran porte y cabello negro lacio. Sus ojos rasgados son penetrantes. Sus insinuantes labios rojos y carnosos dan un énfasis especial a sus órdenes. Tiene veintinueve años. Es el padrote encargado de transportar, controlar y amedrentar a las pupilas de mamille Kokone, la proxeneta, de quien es amante.

Verónica y Aurora lo ven con profundo terror. En un perfecto español les dice:

—Las llevaré a su nueva casa. No tienen nada que temer. Relájense, todo irá muy bien.

En la furgoneta sin ventanillas ya están acomodadas otras cinco chicas, tres de Brasil y dos de Colombia. En algunas asomaba la incertidumbre, en otras el miedo; siete voces que empiezan a preguntar a gritos al señor Hikoru.

—¡Silencio! Aquí nadie grita.

Fue el tono de voz o la mirada de Hikoru lo que las hizo callar. El miedo comenzaba a actuar como maestro.

Hikoru, acompañado de los *chinpiras*, sus guardaespaldas, las lleva a Fukushima en esa furgoneta sin ventanillas, en cuyos costados un rótulo que anuncia comida
fresca y vegetales da la apariencia de ser un vehículo más
entre los automóviles.

Despues de veinte minutos llegan a su destino. Las
puertas se abren. Hikoru es el primero en bajar, seguido
de los chinpiras, quienes sacan a las chicas propinándoles
golpes en la cabeza y en la espalda con unos bates.

—La que grite o llore será castigada. Tienen que entrar sin hacer ruido, ¿entendieron?

Sometidas, las mujeres entran a su nuevo hogar: una
casa grande con varias estancias. La entrada funciona como
recibidor. Del lado derecho de la entrada, está el comedor
con varias mesas enanas de madera y cojines alrededor. La
forma y altura de las mesas obligan a que la gente sólo se
pueda sentar sobre sus pantorrillas o en flor de loto. La casa
tiene cinco habitaciones para las jóvenes y la de mamille
Kokone, en la que duerme con su amante, el señor Hikoru.
Ahora, en esa casa treinta y cinco mujeres comparten su
destino. Las siete mujeres recién llegadas están paradas en
el recibidor. Una puerta de madera con ventanas de papel
de arroz se desliza dejando ver a mamille Kokone. Es una
mujer de cuarenta y dos años, extremadamente delgada, de
cabello negro y ojos pequeños pero profundos. Elegante,
fría, calculadora. Excelente para administrar su negocio de
prostitución. Celosa y dominante. Una verdadera tirana
con sus pupilas. En su propia casa es donde se hospedan las
nuevas prostitutas. Las de mayor demanda: eslavas y latinas. Y ahora las mexicanas.

Con mucha elegancia entra al recibidor. Tiene una vara en la mano y se golpea levemente una de sus palmas con la extremidad de madera. Comienza a caminar lentamente mirando a las recién llegadas. Se va acercando a una por una, midiéndolas. Con la vara les abre la boca para revisar sus dientes. En un español precario, les ordena:

—Desnúdense.

Ninguna quiere hacerlo, así que llama a los guardias y les señala a una de las brasileñas. De inmediato se le echan encima y con un golpe en la cara la dejan mareada. Con fuerza le arrancan la ropa, dejándola desnuda. Sin ningún miramiento, le asestan un puntapié en el vientre. Las demás chicas empiezan a temblar y en silencio se quitan toda la ropa, aun a pesar del miedo que sienten de que esos dos chinpiras las vean con cara de deseo.

—¡Mucho mejor! —exclama la proxeneta—. ¡A ver, tú! —le dice a la colombiana—. Estás un poco gorda. No comerás más que vegetales, ¿me entiendes?

La chica solamente baja la cabeza y contesta con un sí casi imperceptible. A dos de las brasileñas les jala el cabello diciendo:

—Este color no me gusta, se tienen que teñir el pelo de rubio. A mis clientes les gustan las rubias.

"A mis clientes", piensa Verónica. "¡Esta vieja nos va a prostituir!". De repente le dice:

—¡Oiga, señora, aquí hay un error! Nosotras vamos a trabajar en una agencia de modelos. Yo creo que se confundió con nosotras las mexicanas…

No ha terminado de hablar cuando la mujer hace una seña y de inmediato uno de los hombres le da un puñetazo en el estómago que le saca el aire y la deja tirada en el suelo. Aurora va a auxiliarla y es golpeada en la espalda. La levantan entre los dos chinpiras para que mamille Kokone la examine. Le toca los senos y constata que están muy duritos, como tiene que ser. Le abre las piernas y palpa su piel joven. Sonríe diciendo:

—Ésta no está nada mal. Como tampoco la que pretendía hablar. Las mexicanas y estas dos brasileñas serán las más buscadas. Conozco muy bien el gusto de mis clientes. Recojan su ropa y síganme.

—Éste es su cuarto —dice secamente—. Cada vez que lleguen a la casa, deberán quitarse los zapatos y ponerse estas zapatillas.

Quitarse los zapatos en Japón antes de entrar en una casa es una de las costumbres más arraigadas. Es dejar afuera la suciedad. El hogar es la intimidad y nadie puede ensuciarlo. En todas las casas hay un pequeño recibidor, llamado *genkan*, que está un escalón por debajo del resto de la casa; es ahí donde se quitan los zapatos, que se acomodan viendo a la puerta, listos para la hora de salir.

Ya una vez descalzos o con calcetines, se ponen las zapatillas llamadas *surippa*.

Mamille Kokone sigue dándoles órdenes:

—No pueden hacer ruido ni estar fuera de sus habitaciones, a menos que sea la hora de sus comidas. El baño lo pueden usar únicamente dos veces al día. Al entrar, tienen que ponerse las surippa del baño, porque es la zona más sucia de la casa. Tienen que dejarlas dentro, listas para la siguiente persona que entre. De la comida me encargo yo, dependiendo de su comportamiento. Aquí vinieron a trabajar y la que no trabaje no come. Por ahora, mientras se acostumbran y son domadas, comerán sólo tres platos de arroz al día. Quien falte a estas reglas será sancionada en su sueldo. ¿Entendido?

Como Aurora y Verónica no dejan de llorar, mamille Kokone les jala el cabello para meterlas en sus cuartos. Cuando las suelta, lo hace con un violento empujón que las tira al suelo.

—Si vuelvo a escuchar un lloriqueo más, las dejaré sin comer, y eso va para todas.

Después de mirarlas con un gesto parecido al desprecio, sale de la recámara.

La captura es súbita, inesperada y violenta. Ellas están aturdidas por la tortura física y verbal que les inflige la organización que las tiene atrapadas. Sufren violencia emocional y la violación de los derechos fundamentales a la vida y la libertad. Constantemente las chantajean y las amenazan.

Aurora y Verónica entienden de inmediato que se trata de un secuestro. Su primera reacción es de desconcierto y de confusión. Las asalta la sorpresa y empiezan a sentir el terror permanente de que pueden morir. Junto a las otras cinco jóvenes, asumen actitudes extremas de estupor y perplejidad ante lo que les está sucediendo. Todas están en sumisión total ante mamille Kokone y los chinpiras. Llorando e implorando misericordia, se preguntan: "¿Por qué a mí? ¿Se equivocaron de persona? ¿Por qué nos tienen aquí? ¿Cómo escapamos? ¿Cómo pedimos ayuda a las autoridades? ¿Quién avisará a las familias?". Con todo ese alboroto emocional, permanecen encerradas en el cuarto durante tres días.

Las puertas corredizas se abren y entra un chinpira con una charola llena de cuencos con un poco de arroz y un tazón con té verde. El chinpira deja la charola en el piso y sale cerrando la puerta tras de sí. Todas corren, quieren comer. Están sin fuerzas, abatidas.

La tarde en que por fin dejan salir a las nuevas trabajadoras, los chinpira se colocan detrás de las chicas y las obligan a formarse en una línea como soldados. Aparece mamille Kokone, quien les informa:

—Las hemos comprado en una subasta. Esto es un negocio y la mercancía son ustedes. El que estén aquí ha costado más de treinta mil dólares por cada una. Ésta es la deuda que deben pagar. Con su trabajo deberán costear sus gastos, sus boletos de avión y la comida. ¿Qué pensaron, que iban a venir a Japón gratis? ¡Claro que no! Todas tienen que trabajar. Vayan a comer y luego regresen a su cuarto.

En el comedor, están las treinta y cinco jóvenes comiendo. Hablan en voz muy baja. Las nuevas no interactúan con la mayoría de las chicas de mayor tiempo en la casa, menos Verónica, que platica con Vanesa tratando de averiguar qué es lo que pasa en ese lugar. Pero callan de inmediato cuando una pequeña anciana les sirve té.

Después de comer, mientras entran al cuarto Verónica le dice a su prima:

—¿Sabes? Vanesa, esa argentina que parece tan dura, la del cuarto número dos, rápidamente me contó que la organización de mamille Kokone trabaja con los yakuza, que es una mafia peor que la de los capos de los cárteles mexicanos… terribles y sanguinarios, se dedican a la trata de mujeres, además de controlar la venta de droga, alcohol y armas. Me explicó que si no obedecemos a esta bruja de la Kokone, pueden matar inclusive a nuestra familia, porque Laura les dio todos los datos de nosotras antes de que llegáramos a Tokio.

Aurora emite un grito tan fuerte que de inmediato todas las chicas la lanzan al piso y le ponen una almohada en la boca. Pelea con ellas ciega por el terror que le ha provocado lo que acaba de decirle su prima. Logra quitarse la almohada y grita sollozando:

—¡No, a mi familia no! ¡Por favor, a mi familia no!

Finalmente, una de las chicas la calla con una bofetada. Afortunadamente la madrota no se ha enterado.

Todas saben que están amenazadas con la agresión o muerte de sus familiares, sienten impotencia, no saben a quién pedir ayuda. En otro país, con otra lengua y sin papeles. Aurora y Verónica empiezan a sentirse frustadas y con una rabia inmensa, un sentimiento normal ante esta situación.

Pero lo que más tienen es miedo y angustia. Están atenazadas por la incertidumbre ante lo desconocido, sumidas en la zozobra que generan la espera, la incomunicación y las malditas amenazas.

Despues de un rato, las chicas están en un estado de ausencia absoluta. Mamille Kokone y Hikoru entran. Les reparten unos cortísimos atuendos, tan transparentes que casi no queda nada a la imaginación. Les prohíben ponerse ropa interior. Una de las chicas que tiene más tiempo trabajando les ayuda a vestirse. Les indica qué brasieres tienen que ponerse y las maquilla como buena profesional de la prostitución: con mucho lápiz labial rojo, unos ojos remarcados en negro, los cabellos sueltos y algo de polvos de arroz en sus cuerpos para que se vean más blancas, pues ése es uno de los mayores atractivos de ser extranjera. Aurora siente que la obligación de disfrazarse como una vulgar prostituta le arrebata su dignidad. Nunca había experimentado su autoestima tan lastimada.

Ya arregladas, mamille Kokone les ordena que se paren frente ella.

—Ustedes trabajarán de hoy en adelante en los bares El Cerezo Negro. Tenemos dos. Uno tiene el horario de ocho a doce de la noche, que es el permitido, y otro es a partir de la medianoche hasta el amanecer. En el primero ustedes tienen que atender a nuestros clientes. Tomarán con ellos y mientras más tomen, más fichas ganan. Por cada copa obtendrán una ficha rosa. Las que hagan topless y se paren a bailar tendrán fichas azules. Con estas podrán comprarse comida a su gusto y ropa. En el bar hay ropa para las que quieran. Y si les ponen dinero en sus pequeñas bragas, tendrán que entregármelo intacto y yo sabré cuánto es lo que les corresponde. La que no coopere será encerrada, no comerá y sufrirá los castigos que merezca. El cliente es lo primero. Le sirven su bebida y le prenden su cigarro. Si las quiere tocar, tienen que permitirlo con una sonrisa. Nunca los miren a los ojos. Solamente pueden hablar lo indispensable. Y nada más. Así que a poner su mejor cara. Por ahora no les pediré nada más. Que quede claro que esto es el comienzo, después tendrán más trabajos. Pero eso será después.

Las sube a una camioneta, donde las espera el señor Hiroku, quien las lleva a Los Cerezos Negros. El bar es un local muy concurrido, donde hay prostitutas de todas las nacionalidades y edades.

Al entrar, Verónica y Aurora quieren escapar; se horrorizan de pensar en lo que tendrán que hacer ahí dentro. El interior del establecimiento es amplio, en penumbras, de paredes forradas en terciopelo rojo chillón, alejado por completo de la austeridad oriental, tratando de imitar con su mal gusto los antros sórdidos tan en boga entre los occidentales. La música es estridente, una selección rudimentaria de canciones de los años setenta. Inmediatamente las sientan con diferentes clientes. Las dos tratan de escapar corriendo hacia la puerta, pero son detenidas por tres guardias, que les tapan la boca y las introducen a un privado, un cuarto pequeño, vacío, también con paredes forradas de terciopelo acolchonado, pero sin ningún tipo de decoración, separado del bar únicamente por una cortina de terciopelo rojo.

Ahí las arrodillan a base de golpes en las piernas y con grandes jalones de cabello las someten. No les tocan la cara, pero sí les patean el estómago.

—Tienen que obedecer y cada vez que se subleven, las golpearemos.

Están tan atemorizadas que no saben cómo se tienen que comportar. Las sientan con los mismos clientes, que solamente se ríen de ellas al verlas despeinadas y asustadas. De inmediato, les piden con señas que les sirvan sus bebidas y que les prendan el cigarro. De pronto, se apagan las luces.

El espectáculo en la pista escandalosamente iluminada da comienzo: dos niñas filipinas de no más de catorce años, vestidas con ridículos brasieres de color morado y con sus sexos completamente afeitados, se inclinan para dejar a la vista de los asistentes sus pequeñas vaginas, a las que hacen fumar introduciendo cigarrillos con precisos movimientos para que entre y salga el humo. Aurora se tapa la boca para ahogar el grito de azoro; al momento, es pellizcada para que se calle por un chinpira que las ha acosado en la mesa desde su llegada.

Toca el turno a las chicas coreanas, que introducen botellas en sus sexos. Después, las bailarinas cantantes de karaoke, brasileñas y colombianas en topless que componen la nota exótica del lugar junto a las argentinas y las chilenas. Hoy, la novedad de la noche son las dos mexicanas recién llegadas, a quienes desde otras mesas miran hombres ebrios con una lujuria que no pueden ocultar.

Las mesas están ocupadas por japoneses completamente borrachos. El cliente de Aurora tiene sólo unos pocos dientes en la encía inferior, asquerosamente amarillos y sarrosos. Mitad asustada, mitad curiosa, Verónica se queda viendo al que la eligió, razón por la que recibe una bofetada; así aprende que nunca debe ver a los ojos a un cliente.

Aurora y Verónica están fichando con tres hombres de negocios. Los hombres hacen bromas entre ellos y beben mucho. Aurora bebe con ellos y a su ritmo. Mientras beben y beben, los hombres de negocios ríen, y Aurora bebe con ellos para obtener más paga, recordando que cada copa es una ficha rosa. Entre trago y trago los hombres les tocan los senos, las manosean y les acarician el sexo. Aurora sonríe llorando mientras Verónica cada vez que la acarician siente un hueco en el estómago y cierra los ojos. Todo lo que quieran tocarlas está incluido en la cuenta. A Aurora las lágrimas se le escapan al ser toqueteada pero sin perder la tan horrible sonrisa obligada. Su ceño está fruncido por todo lo que tiene que soportar, una realidad que ha llegado a sus vidas de forma brutal.

De pronto, aparecen las niñas filipinas, que se suben a la mesa porque a los clientes hay que servirles el hielo y el whisky como lo quieren ellos. Cada una toma un cubo de hielo, se lo meten en sus vaginas y luego lo ponen en los vasos de quienes han pagado por ellas. Es una rutina que ya conocen: desaparecen durante algunas horas acompañadas de los clientes y luego regresan haciendo esfuerzos por recomponer lo que la premura, la inexperiencia o la brutalidad de esos hombres hayan hecho a sus vestidos. "Al llegar al bar se veían muy elegantes," piensa Aurora, "unas putitas vestidas como niñas distinguidas con trajes típicos de su país". Son pequeñas mujeres con caritas virginales y cuerpos infantiles muy usados que cantan y les bailan a los clientes, quienes ríen y aúllan felices.

—¡Yo nunca he estado en un prostíbulo! —le dice horrorizada Aurora a Verónica—. Esto es realmente asqueroso, es infame, ni siquiera tienen dieciséis años. ¿Qué va a pasarnos a nosotras?

Aurora y Verónica se sientan con el tercer cliente, que está muy tomado y las abraza casi inconsciente y aferrándose a sus pechos. Aurora y Verónica se quedan inmóviles para evitar despertarlo.

Al fondo del bar, salen de los privados los dos hombres de negocios satisfechos. Se sientan en su mesa y ríen al ver a su amigo dormido con las manos aferradas a sus pechos. Les hacen una seña. Aurora y Verónica les sirven su trago y les encienden el cigarro sin ser soltadas de los senos.

Las dos primas están iniciándose en el oficio trágico de ser prostitutas codiciadas en un país extranjero. Aquello se repite durante noches incontables; un infierno que a la larga las insensibiliza obligándolas a guardar sus sentimientos en lo más profundo de sus terrores.

Llega la luz del día y las jóvenes se van a acostar para dormir. Ninguna habla. Solamente se acuestan en sus lugares respectivos e intentan cerrar los ojos para olvidar la pesadilla.

Están entrando en una rutina de la que sólo descansan un poco al regresar a la casa de mamille Kokone, donde alivian su desolación lavando su ropa y cocinando el arroz y el pescado seco que es su única comida. Las escasas provisiones que habían llevado desde México, en ese sentimental arrebato de conservar la cercanía con lo que les era familiar, pronto se les habían terminado. En su desamparo, aterradas y con una tristeza infinita, comprenden que están secuestradas.

*En las montañas nevadas
está arrastrándose
el eco.*

Iida Dakotsu (1885-1962)

Ha pasado un mes. Aurora, Verónica y las demás chicas lavan su ropa casi en silencio, solamente hablan con Vanesa, la argentina, que les da información acerca del lugar en el que se hallan y de lo que les pasaría si se atrevieran a escapar. La complicidad de Vanesa, con todo y que las primas dudan de su sinceridad, las ayuda a sobrellevar la situación, sobre todo cuando sus palabras sirven para descalificar la causa de la vergüenza de Verónica y Aurora:

—No se preocupen —dice en un tono de mofa cargado de desprecio—, casi todos estos ojos rasgados están acostumbrados a la pasividad de sus esposas y se deslumbran con nuestros cuerpos. Así que, si eres hábil en la cama, puedes hacer que se vengan muy rápido y que, prácticamente sin sentir nada, te puedas llevar unos muy buenos yenes por noche. Les hago creer que son lo máximo… Eso sí, cuando estén con un hombre con el cuerpo completamente tatuado, hagan todo lo que les pida o de lo contrario las matará, porque ese hombre es un yakuza.

Las palabras de Vanesa y las confesiones de otras muchachas que ya tienen tiempo en casa de mamille Kokone les ayudan a sobrellevar el aprendizaje. Deberán convertirse en las prostitutas que reditúen al negocio lo que se espera de ellas, aunque ello signifique despojarse del alma con una violencia que va más allá de la voluntad y la conciencia; desollarse para que el cuerpo deje de sentir o sienta de otra manera la vergüenza, el odio, el resentimiento ciego dirigido a hombres anónimos, el miedo a otros hombres desconocidos que las acechan. Primero, tomar con los clientes; después, las manoseadas, en ocasiones brutales; más tarde, la prueba de fuego: acostarse con ellos. Desde el primer día Aurora aprende que tiene que adormecer sus sentimientos con alcohol para no ver ni sentir nada de eso que puede volverla loca de espanto y desesperación.

—Te odio, Verónica, ¡te odio! ¿Cómo me trajiste aquí? Quieren que vaya con ese hombre asqueroso, ¿cómo te atreviste?

—Por tu madre, prima, yo no sabía que nos pasaría esto. Por favor, no te pongas así.

—¿Cómo quieres que me ponga si me están vendiendo? ¿Sabes cómo me siento desde que llegamos? Tengo un pánico espantoso. ¿Cómo venimos a caer aquí? Lloro día, tarde y noche. Para mí es la cosa más horrorosa y no puedo hacer nada, ni gritar ni ir a ningún lado. Nadie me hace caso. Soy un fantasma en un pueblo donde no existo. Nadie me da la mano. Tengo una sensación de frío en los huesos… Estoy desesperada.

Verónica se acerca a ella y simplemente la abraza.

Esa noche pasan por ellas para ir al bar, pero ambas están decididas a no arreglarse. Lo único que repiten es que no quieren ir a trabajar.

—Tienen que ir —les ordena el señor Hikoru, quien hace un gesto para que las saquen a la fuerza, así como están, en pants, sin maquillaje y con el cabello en desorden. Ya en el bar las sientan en "la mesa de castigo". No pueden trabajar y, por supuesto, no hay pago porque no recolectan fichas y, sin ellas, tampoco dinero, lo que implica no poder comer. En su situación, es casi como morir de hambre. ¿Cuánto tiempo podrán aguantar su rebeldía?

—¡Ay, prima! —exclama Verónica—. Tenemos dos días sin comer. No podemos seguir de esta manera.

En el comedor, las chicas están comiendo y Aurora y Verónica miran los platos con hambre. Una de las jóvenes que está a un lado observa cómo están viendo su plato y con mucha delicadeza lo aleja de ellas. Aurora respira profundamente y se levanta de la mesa para ir a su cuarto. Verónica la sigue diciéndole:

—Ya me le iba a aventar a la brasileña, pero creo que adivinó mi pensamiento. Creo que ya aprendimos la lección. Si no fichamos, no comemos. Tendremos que arreglarnos más guapas que nunca, ¿te parece?

—Sí —contestó ausente Aurora.

Llegan a Los Cerezos Negros a la hora del show. Las más espectaculares son las brasileñas, con sus bikinis de terciopelo y pedrería. Se suben a bailar en cada mesa y alguno de los clientes invariablemente les mete billetes en los delgados elásticos; entonces se quitan los brasieres y mueven sus pechos en forma circular; los hombres gritan y aplauden. Todos quieren tocar esos pechos grandes, blancos, firmes, con areolas rosas o morenas. Los hombres babean, escupen, lamen los pechos de las mujeres en un trance frenético o en un alarde frente a sus amigos, que también quieren hacer lo mismo.

Aurora le dice a Verónica:

—¡Primero muerta que quitarme el sostén!

—¿Ya viste la cantidad de dinero que se están llevando las brasileñas? —contesta Verónica—. Con tu permiso, o sin él, me lo voy a quitar. Al fin y al cabo, aquí nadie me conoce.

Con un movimiento rápido, se desabrocha el sostén y de inmediato va a la mesa principal. Baila con movimientos tan sensuales que todos los ojos y los yenes van a parar a ella.

—¡Mira, Aurora, cuánto dinero! Esto ya está gustándome. ¿Viste? ¡Mira cómo aplauden, cómo me lamen! —Empieza a reír. Se siente bien, disfruta su incipiente liberación. —Aquí nadie nos conoce. Ven, lo tienes que intentar. ¡Pero apúrate a ganar dinero, porque ya tengo ganas de comerme un sushi, de los más caros!

Aurora, con vergüenza, pero sintiendo que algo tiene que cambiar en este miserable momento de su vida, accede y se quita el brasier. Se queda detrás de Verónica y trata de bailar, con una zozobra interna muy grande. Así empieza la nueva etapa, donde se trabajaba de siete a cuatro de la mañana. "¿Quieren ganar dinero? ¡Pues párense a bailar y dejen que les toquen los pechos!".

Una semana después, durante la comida, todas las muchachas platican animadamente sobre lo que se han comprado y lo que han comido. Denise, una de las brasileñas, las felicita por haber tomado la decisión de mostrar "sus niñas". Están en gran alboroto cuando entra mamille Kokone y de inmediato todas guardan silencio.

—¡Qué bueno que estén tan felices! ¿Por qué no les platican a las mexicanas cuál es el segundo paso a seguir? ¿Por qué no les cuentan dónde van a tener que empezar a ir después del bar? Y alecciónenlas, porque hoy empiezan a ser repartidas. ¡Sigan divirtiéndose, que ya tendrán más cosas que comprar y más comida que meterse a la boca!

Las expresiones alegres de los rostros se convirtieron en máscaras.

—Lo siento, mexicanas, hoy será un día muy difícil para ustedes —les dice Denise—. No les puedo decir nada. Llénense de fuerza y que Dios las acompañe.

Al terminar sus turnos en el bar, con terribles presentimientos, las suben a la apretada camioneta que las distribuye como comida rápida para llevar. Las brasileñas, ya muy enteradas del asunto, se ríen y, borrachas, sólo repiten: "Vaginas a domicilio. Ja, ja. Vaginas a domicilio…".

Esa noche las dos son "entregadas", cada una en un sitio diferente. A Verónica la llevan a una congeladora de alimentos, donde la espera un hombre de sonrisa perversa, corpulento, maloliente, con las manos y las uñas sucias. La toma del brazo con violencia y la lleva cerca del gran refrigerador. Sin decir una palabra, la empuja para acostarla. La viola sobre el piso frío y viscoso, tantas veces como el asco le permite a Verónica contar.

Cuando al fin termina, la lleva a la puerta de salida, la avienta brutalmente al exterior y cierra como si hubiera sacado la basura o una mascota que no se quiere tener adentro. Llueve tan torrencialmente que parece que el cielo se ha roto. Con tristeza infinita por los reclamos de su prima, por los horrores que está viviendo y por estar descalza, Verónica llora.

A Aurora la "depositan" en otro bar que ya está cerrado y a oscuras. Al entrar, se encuentra con el dueño, que en ese momento enciende la luz del pequeño escenario, en el que hace pocas horas otras mujeres, secuestradas como ella, tuvieron que actuar para sobrevivir una noche más. El enjuto hombre, con la mirada brillante por la droga, le arranca la ropa y ella ve una luz que seguramente permite a otros hombres ocultos por las sombras observar. La arrodilla y la penetra bruscamente. Mientras dura el suplicio, Aurora recuerda las palabras de Vanesa: "Piensa en que con el dinero vas a comer, que vivirás un día más". Después de veinte minutos acaba.

El hombre le avienta con desprecio el abrigo sobre el cuerpo desnudo; al igual que Verónica, es arrojada a la calle en esa madrugada lluviosa.

Al despertar ambas ya en la casa de mamille Kokone, se miran sin reconocerse; las dos han cambiado: no son la Aurora y la Verónica que llegaron de México. Ahora son dos extrañas, que empiezan a aprender a sobrevivir sórdidamente.

—Aurora, ¿qué te pasó?

Los ojos de Aurora se llenan de lágrimas; hay en ellas tristeza, melancolía, odio, miseria, humillación. Se acerca al abrazo de Verónica y su llanto se convierte en un aullido interminable.

—Prima, tengo miedo, mucho miedo. Es algo que me empieza a paralizar el cuerpo, siento frío en los huesos. Este sentimiento es algo que me detiene las ganas de seguir viviendo. El llanto comienza en la garganta y se extiende alrededor de mis ojos. Empieza en el alma, ampliándose en todo el cuerpo. Dios mío, ¿porque tengo tanto y tanto miedo? Este miedo me aleja violentamente de mi ser, de la esencia de mi yo. Siento que mi espíritu se encuentra situado en un lugar extraño. Estamos en medio de los diablos en el infierno. Verónica, el mal viene a nuestro futuro y a nuestro presente y podemos morir. Prima, nos van a matar…

Verónica, con el alma también fracturada, la acompaña con su propio llanto. Le dice:

—Es extraño que yo no tenga miedo. Siento odio, sí, mucho odio, y esa fuerza es la que me hará vivir. En este juego de contrarios entre el placer y el dolor, el dolor es el protagonista. Siempre el dolor gana. Pero en mi caso no ganará. Haré la guerra. Tengo esa fuerza tanto en mi interior como en mi exterior, y me volveré totalmente destructora. Voy a destruir todo lo que se presente en mi camino. Voy a buscar ser la que se oculta, la que nadie ve. Y podré hacer que todo lo que nos están haciendo lo paguen cien a una. Te lo juro por nuestras lágrimas. ¡Te lo juro!

—Tenemos que huir, llegar a la embajada y pedir ayuda —dice Aurora desesperada.

—¿Pero cómo? ¿Cómo salir de aquí, sin dinero, sin papeles? ¿Cómo llegaremos a Tokio? Ya sé, vamos a ahorrar, cuando tengamos suficiente dinero tomaremos el tren a Tokio y pediremos asilo. Nadie, prima, nadie nos va a sacar de aquí. Mientras tanto tenemos que ser obedientes y no compartirle a nadie nuestro plan. Trataremos de hablar con nuestros padres para enterarlos de lo que nos está pasando.

Durante todo ese día nadie las molesta. Mamille Kokone sabe que han sido violadas y quiere que se adapten lo mejor posible a su nueva forma de vida. Esa noche, contenta por el considerable incremento en las ganancias que al negocio han traído las latinas, mamille Kokone está particularmente atenta y seductora con su amante, el señor Hikoru. Es una de esa noches incomparablemente placenteras para los dos. Él está sorprendido por las atenciones y la fogosidad de ella.

—¿Sabes?, creo que nuestro negocio está prosperando, nunca pensé que las mexicanas nos trajeran tanto dinero —le dice mamille Kokone mientras con el dedo le marca un corazón en el pecho—. ¿Cuál de las dos te parece más atractiva?

Hikoru le responde de inmediato que, por supuesto, Aurora.

—Es diferente a todas, es bella, inteligente, tiene una esencia muy especial. Su olor es irresistible. Ha sido nuestra mejor adquisición.

Al oír estas palabras, mamille Kokone siente el aguijón de los celos. Sin embargo, su habilidad impide que ningún sentimiento visible aflore.

—Tienes razón. Creo que la tengo que cuidar más.

Mamille Kokone deberá deshacerse de las mexicanas lo antes posible. Son una indeseable competencia para su pasión otoñal.

El bar de Los Cerezos Negros ha cerrado. Mamille Koko-ne está sentada en una mesa con un librito de cuentas. Todas las chicas están formadas frente a ella, vestidas con su ropa provocativa, pero con sus partes íntimas comple-tamente tapadas. Le están dando todo el dinero que han recibido esa noche. Mamille Kokone lo toma, lo cuenta rápido y les da un pequeño porcentaje.

Aurora y Verónica, cuando nadie las ve, discretamente sacan los billetes escondidos en su ropa interior que no le entregan a mamille Kokone para sumarlos al porcentaje que ésta les regresa. Van guardado sus ahorros en un lugar seguro: los libros de lectura que trajeron desde México.

Después de varios días de buen comportamiento, ma-mille Kokone les dice:

—Han demostrado su buen comportamiento. De aho-ra en adelante, tienen permiso para salir en las mañanas a pasear, pero deberán estar siempre listas y arregladas para acudir a Los Cerezos Negros antes de las seis. Pueden ir de paseo, a comprar comida y a divertirse. Recuerden que siempre estarán vigiladas de lejos por si alguna decide ha-cer alguna estupidez. No quieren ser castigadas, ¿verdad? —Todas niegan con la cabeza—. Bien, diviértanse.

Todas las mujeres salen al pueblo a distraerse. Todas están emocionadas. Las dos primas buscan la manera de hacer llamadas a México sin levantar sospechas. Entran a una tienda de comestibles en Fukushima. Aurora y Veró-nica hablan con la persona encargada sin dejar de cuidarse las espaldas. Verónica le pregunta en japonés si sabe ha-blar español:

—*Supeingo wo hanasemasuka?*

El hombre niega con la cabeza. Aurora le pregunta si sabe hablar inglés:

—*Eigo wo hanasemasuka?*

El encargado le contesta que sí:

—¿Qué necesita?

—Necesito llamar a mi casa en México. ¿Sabe cuál es la clave internacional?

El encargado de la tienda la mira un instante intentando recordar su precario inglés. Después de un par de segundos, asiente. Saca un papelito en japonés repleto de nombres de países con sus claves a un lado. Señala uno. Aurora lo mira y le pregunta:

—¿Ésta?

—Sí, ésta.

Las dos lo miran para aprendérselo y no olvidarlo en el camino. Se inclinan con una gran sonrisa y le dan las gracias. El empleado les devuelve el agradecimiento.

Temerosas de que alguien las haya seguido, llegan a un teléfono lo más escondido posible. Aurora marca con desesperación. Ambas están atentas. Verónica está detrás de ella, viéndola esperanzada.

—¿Bueno?

—¿Mami?

—¿Quién? ¿Aurora?

—¿Hija? ¿Hija, eres tú?

—Mamá… —La voz se le quiebra en un sollozo largamente contenido. De pronto, siente el filo de un cuchillo en la garganta. La voz de su madre que pregunta por ella se corta en el momento en que otra mano cuelga el auricular. Jalándola del cabello y sin dejar de apretar el cuchillo sobre el cuello, el vigilante de la casa de mamille Kokone hace voltear a Aurora. Verónica está amordazada y la sujeta con violencia otro vigilante.

—Vuelve a marcar —le ordena el hombre en un español defectuoso—, pero cuidado con lo que dices.

Aurora obedece.

—Hija, ¿qué pasó?

—Nada, mamá, debe de ser la distancia, perdí la comunicación un momento. Estamos muy bien, nos está yendo mejor de lo que pensábamos. Te mandaré fotos. Diles a todos que estoy bien y que los amo. Te tengo que colgar porque se me termina el crédito. Dile a Alejandro que lo amo y que lo extraño.

Nuevamente las palabras de la madre de Aurora se cortan bruscamente. Los dos hombres jalonean a las primas y las meten violentamente a un auto, ante la mirada indolente de quienes pasan por la calle; hay quienes incluso han inclinado la cabeza en señal de respeto, o porque están saboreando su cobardía.

El señor Hikoru las espera. Su silencio y parsimonia las hace temblar. Sin decir palabra hace una señal a los chinpiras, quienes las levantan de los cabellos y las llevan hasta el cuarto de castigo: un lugar casi vacío, con tatami, las ventanas de papel de arroz y las puertas deslizables. Hikoru esta terminando de amarrar a Verónica. Aurora ya está completamente amarrada. Tienen la boca amordazada y es casi imposible que se muevan sin lastimarse. Los amarres están enlazados por el cuello, los pies, los genitales, los muslos y los antebrazos y fijan las manos detrás de la espalda. Si se mueven, se ahorcan o se lastiman mucho. Son nudos laboriosos y gruesos, casi artísticos. Las dos mexicanas están en el suelo.

El rostro de Aurora está en el piso, desde donde mira cómo los pies de Hikoru caminan por el tatami y salen del cuarto, y cómo tras ellos la puerta se cierra de golpe.

Así pasarán tres días; sólo podrán tomar agua.

Aurora cierra los ojos intentando bloquear las imágenes de todos estos días. Se siente desmejorada y débil por la posición y la falta de comida. Hikoru abre la puerta y entra. Destrás de él está mamille Kokone acompañada por dos chinpiras con cuchillos mariposa en la mano. Hikoru las hinca. Ambas miran a mamille Kokone y a los chinpiras blandiendo los cuchillos. Se asustan y comienzan a implorar negando con la cabeza. La proxeneta les dice:

—¡Cállense! Gracias a su estupidez, hemos tenido que tomar decisiones.

Ambas miran con terror a la mujer por la decisión que creen que ha tomado.

—Hemos decidido que podrán recibir llamadas de sus casas aquí, a mi teléfono privado. No podrán decirles qué hacen ni pedir ayuda. Tú, Aurora, hablarás con tu novio y con tus padres. —Mira a Verónica—: Tú también… Ya sabemos dónde viven y quiénes son. Una indiscreción, una estupidez, y ellos mueren y ustedes se quedan a servirnos el resto de sus vidas, primero como putas y luego como criadas. ¿Entendieron?

Las dos jóvenes amordazadas asienten frenéticamente haciéndole ver que han entendido.

Estas medidas son necesarias. De otra manera, las dos llamadas entrecortadas y la falta de noticias sobre las primas podrían despertar la suspicacia de la familia, que seguramente comenzaría a movilizar a las autoridades en una búsqueda que les resultaría molesta y hasta perjudicial. Pero surge un problema: las llamadas del novio de Aurora son excesivas. Alejandro está profundamente enamorado de ella y llama casi a diario; sin saberlo, amenaza la seguridad de Aurora, quien se ve obligada a fingir y a mentirle.

Las demás jóvenes comen y platican tranquilas. Verónica y Aurora oyen las conversaciones y comentan sobre los asuntos triviales que escuchan.

Mamille Kokone se asoma al comedor, donde casi nadie puede verla más que Aurora y Verónica y otras pocas chicas de su mesa. Aurora se da cuenta de que mamille Kokone mueve levemente la cabeza indicándole que tiene una llamada. Asiente y se levanta tranquila como si nada espectacular sucediera para no llamar la atención.

Aurora está sentada en el pasillo, recargada en una de las paredes, junto a la puerta cerrada de la recámara de la proxeneta. Parece como que se hubiera deslizado hasta el suelo sin mover los pies. Sobre sus rodillas tiene un teléfono de cable, que sostiene con una mano, mientras que con la otra sujeta el auricular.

—¡Hola, mi amor! —dice Alejandro.

—¡Hola, mi amor! ¿Cómo estás? —contesta ella.

—Bien, mi amor. Lo mismo que te he contado toda la semana. Estoy preparando casos, comiendo en casa de tus papás porque te extraño mucho.

Aurora sonríe y dice:

—Sí, me contaron eso hace unos días. ¿Por qué no me lo habías dicho?

—Para que no pienses que tu novio es un hombre miserable y patético que te extraña y te habla casi todos los días para pedirte que te regreses…

—Mi vida, ya te dije que no puedo por ahora. Estoy trabajando mucho y ya empieza mi curso de gastronomía oriental. ¿Te imaginas? No te preocupes, estoy muy bien y muy feliz. Mi amor, sabes cuánto te amo.

—Entonces te lo preguntaré mañana, pasado y pasado mañana hasta que me extrañes tanto que vengas a mis brazos.

Mientras Aurora habla por teléfono, al final del pasillo, escondida, está mamille Kokone un tanto preocupada. A pesar de haber investigado a las familias de Aurora y Verónica, hay algo del novio de Aurora que la inquieta: ¿sería rico o poderoso el licenciado Beltrones? No cualquiera puede hablar casi a diario a Japón para preguntar a su novia cómo le va en la agencia de modelos.

Semanas después, las jóvenes están haciendo fila para darle el dinero a mamille Kokone. Aurora y Verónica le dan todo su dinero, menos el que tienen escondido. La proxeneta cuenta rápidamente y les da un porcentaje. Sin verlas, hace un gesto con la mano. Ellas se retiran.

Cuando están solas en el cuarto, atentas a que nadie las oiga o lleguen a interrumpirlas, Aurora cuenta el dinero en su mano.

—¡Ya está! ¡Ya lo tenemos! Ya tenemos lo suficiente para los pasajes del tren a Tokio.

—¿Estás segura?

—¡Sí! ¿Cuándo nos vamos?

—Nos vamos el domingo, cuando todos estén dormidos; ya vi que los vigilantes aprovechan ese tiempo para acostarse con las mujeres del aseo. Por fin veremos la luz.

El domingo al amanecer salen sigilosamente. El miedo casi las paraliza, pero al mismo tiempo les da valor para echar a andar rumbo a la estación. Su equipaje es la ropa que llevan puesta y sus abrigos. No saben a qué hora sale su tren, pero ellas están desde temprano para poder tomarlo. En la estación tratan de pasar inadvertidas: imposible. Lo menos que piensan de ellas es que son turistas trasnochadas. Se sienten seguras porque hay dos policías en los andenes. Sin embargo, cuando los policías las ven, se acercan, las toman de los brazos y tocan sus silbatos. Llegan cuatro guardias más que las esposan mientras ellas tratan de explicar en su imposible japonés que están secuestradas, que llamen a la embajada mexicana, que las tienen prisioneras los yakuza. Al oír esa palabra, los policías se inquietan, su nerviosismo los lleva a hacer muecas extrañas, señas con las manos, hasta parece que los ojos van a desorbitárseles mientras repiten: "¡yakuza!, ¡yakuza!".

Hacen gestos nerviosos y se ven asustados. Uno de lo policías va a hablar por su teléfono. Habla y señala ofuscado a las chicas. Los agentes están atentos a su compañero que habla por teléfono.

—Creo que nos entendieron —le dice Verónica a Aurora—. Espero que después de esta llamada nos lleven a Tokio. Gracias a Dios.

Los policías rodean a las dos chicas, que están sentadas, pero sin tocarlas. Se sienten protegidas. Hikoru entra acompañado de seis chinpiras. Se acerca a uno de los agentes y le da un enorme fajo de dinero. Ellas no pueden ver bien la escena porque los policías que las rodean les obstruyen la vista. Aurora apenas logra ver que un oficial hace una reverencia a alguien que no distingue. Se emociona y gira hacia su prima:

—¡Ya, prima! ¡Ya llegaron a salvarnos!

Verónica se emociona también. Uno de los policías indica a sus colegas que se retiren, tras lo cual hace una breve pero profunda reverencia. La cerca humana que no las dejaba ver se retira. Justo enfrente de ellas aparece el señor Hikoru, con su traje blanco y sus seis chinpiras.

Los rostros de alegría se van desencajando, convirtiéndose en una expresión de terror.

Hikoru las mira con molestia y mueve la mano ordenando que se las lleven.

De vuelta a casa, mamille Kokone desquita su furia abofeteándolas brutalmente mientras las insulta.

En el agua
teme a su reflejo
la luciérnaga.

Den Sute-jo (1633-1698)

Se suceden semanas de aprendizaje, de desventura y de experiencias.

La ilusión con la que las primas viajaron a Japón pronto y brutalmente fue sustituida por vejaciones y por la humillación de verse sometidas a los caprichos carnales de los clientes, a la miseria a la que las ha condenado mamille Kokone. Pero, además, la convivencia con las otras muchachas se está haciendo insoportable, pues cada una de ellas les recuerda su propia y amarga condición. Treinta y cinco mujeres que viven juntas y hacinadas, ninguna por gusto, todas forzadas a denigrarse día a día, todas obligadas a participar en un juego que las hace odiarse unas a otras: el juego de la competencia. No sólo se trata de sobrevivir, sino de ser la mejor puta del lugar. A las ocho en punto todas tienen que estar arregladas, peinadas y perfumadas; si no es así, no pueden salir. De las que ya estaban ahí antes de la llegada de las mexicanas, la más bella es Roxana, una brasileña que para esas fechas ya había ido a su país en cuatro ocasiones para arreglar asuntos familiares. Se adaptó muy rápido al negocio y decidió ser la mejor. Empezó a ganar mucho dinero y se hizo cirugías en todo el cuerpo; ha conseguido tales resultados que no hay hombre que no se incline ante su belleza, una belleza diferente, pero que a los hombres parece excitar, precisamente porque está hecha de esas formas con las que siempre han fantaseado. Calculadora, ha hecho de sus bailes un arte de sensualidad y sexualidad, porque sabe que así logra que todos quieran acostarse con ella. Es taimada, sabe su negocio y ha obtenido con su cuerpo favores de personas importantes. A todas las demás las ve como poca cosa. Sólo le habla a Verónica, quien está muy interesada en aprender todo lo que Roxana sabe.

Lucía, la colombiana, es una mujer de nariz afilada y cabello negro que le llega a la cadera; tiene muy buen cuerpo que no es producto de la cirugía. No convive con nadie, únicamente habla con las otras colombianas, que parecen tener un resentimiento nacionalista y no se mezclan con las otras jóvenes. Nadie sabe qué piensan ni qué sienten. También están Katia y Cecilia, dos venezolanas que llevan secuestradas más de dos años. No son bonitas, pero aun así tienen sus pequeños encantos y su clientela. Siempre están cabizbajas y nunca sonríen.

También está Mónica, otra argentina; habla muy bien el japonés y tal vez por eso, además de su encanto natural, es la mano derecha de mamille Kokone y su traductora oficial. Vive con ella desde hace una década; tiene treinta años y es considerada una vieja. Es guapa, con porte, y al parecer su relación con Kokone es de amistad. Goza del privilegio de entrar a la casa por la puerta principal, de sentarse con ella, de usar su cocina y viajar en su automóvil. Todas las demás tienen que entrar por la parte de atrás y tratar de no toparse con Kokone, que vive al otro lado de la casa. Mónica es muy ocurrente y tiene aprendidos los gestos y la cortesía japoneses a la perfección. Huérfana desde muy pequeña, adoptó a Kokone como su madre. Conserva como amante a uno de sus primeros clientes, quien parece estar enamorado de ella, le es fiel, siempre la busca y sigue pagando por sus favores. Mónica es alcohólica y bebe muy frecuentemente. Cuando está ebria, su naturaleza cambia por completo: se vuelve agresiva con todas y las maldice con el lenguaje más soez que conoce e inventa. Las pocas veces que no está borracha, se vuelve dulce y protectora. Sus amigos japoneses le preparan un sushi muy especial. Nadie en la casa le tiene confianza, pues es quien obtiene información y se la da en segundos a la proxeneta, que por ella conoce las conversaciones o los estados de ánimo de las habitantes de la casa.

Una tarde llegó la celebración del matsuri a Fukushima. El matsuri es una gran fiesta popular que va por todas las ciudades y pueblos japoneses y tiene gran importancia cultural, social y religiosa. Entre otros eventos, los matsuri se caracterizan por llevar siempre lo mejor y más selecto de la gastronomía de Japón.

—Chicas, esta tarde la tienen libre. Pueden ir al festival. ¡Espero que se diviertan! Solamente recuerden que estarán vigiladas —dice Kokone.

Todas, con gran sorpresa y alegría, reciben la noticia. No pasan ni cinco minutos, cuando todas están en la calle corriendo al centro, para ser parte de la fiesta.

Verónica y Aurora sacan algunos yenes, que tenían guardados dentro de sus tenis, para poder comprarse algo. Al llegar, se encuentran con un ambiente muy alegre. Hay música, bailes y muchos y grandes puestos de comida, en los que los cocineros despliegan sus habilidades.

Aurora, que tenía sus ilusiones puestas en el aprendizaje de la gastronomía, ve con nostalgia tanta variedad de sabores, formas y colores de comida. Reflexiona, con profunda nostalgia, que sus ilusiones se convirtieron solamente en una mentira más, dentro del engaño que viven. Pensaba que uno de sus grandes triunfos en Japón sería el poder estudiar para ser chef. Pero ahora está ahí, y no dejará pasar un sentimiento malo por su mente, porque está en el evento más grande de la gastronomía japonesa. Ve y goza todo lo que este día le regala. Las dos están felices. Hace mucho que ese sentimiento las había olvidado, pero hoy está con ellas.

Hay muchas especialidades regionales. En todos los puestos se paran, preguntan y comen. Están acompañadas de Mónica, que es la traductora oficial de ese grupo. Aurora le pregunta:

—Moni, ¿cómo se dice "esto qué es"?

—*Korewa nan desuka?*

Y todas lo repiten moviendo los labios, y rápidamente comienzan a preguntar sobre diversos platillos.

—*Korewa nan desuka?*

Mónica, entre risa y risa, les traduce lo que una anciana gorda les explica:

—*Yakisoba*. Son fideos fritos, están cocinados con tocino, camarones, zanahoria y col. Pero lo más rico es la salsa, que tiene jengibre y el alga *aonori*. Esto, niñas, es lo más típico de los matsuri.

Todas las jóvenes están disfrutando el platillo.

Lucía les dice:

—¡Miren, ahí estan los *yakitori*, es mi comida favorita! Son trozos de pollo marinados en salsa de soya, rebozados y fritos. Los insertan en esos palillos. ¡Tienen que probarlos!

Todas corren a ese puesto. Platican y disfrutan.

Se unen a todos los participantes del festival, tocando junto con ellos los grandes tambores ceremoniales y acompañando el recorrido de los estandartes de colores, que desfilan por las pequeñas callecitas que rodean toda la ciudad. Bailan, comen y juegan como grandes amigas. Todas son unas niñas felices e inocentes. Qué feliz día.

Esos sentimientos, sin embargo, se olvidan muy rápidamente. Al finalizar la alegre jornada, dejando atrás su amistad momentánea, regresan a su realidad y a su competencia. A su supervivencia.

Muchas de ellas ya no salen a pasear o de compras porque están entretenidas en arreglarse: se depilan, se pintan el cabello y se ponen toda clase de cremas y aceites en el cuerpo y en la cara; hacen ejercicio y se visten de la manera más sofisticada para realzar sus atributos y seducir de la mejor manera; seducir y correr el riesgo de ser maltratadas por la impaciencia y la brutalidad de sus clientes. La casa de Kokone es también la casa de las dietas; la belleza al servicio de la degradación y la perversidad.

Verónica está sentada en el suelo, con las piernas extendidas y cruzadas, tiene las manos apoyadas en el piso, a modo de respaldo. Mira a Roxana, la brasileña, que está platicando. A su alrededor hay varias chicas. Una se tiñe el cabello, mientras que la que está a su lado se pinta las uñas. Roxana se comienza a arreglar para la noche poniéndose mascarillas frente al espejo, a la vez que las mira de reojo. Verónica esta muy interesada en ella y le pregunta:

—¿Cómo llegaste aquí?

—Como tú, querida, con engaños... Estos malditos *filhos da puta* creyeron que iban a poder conmigo, ja, ja, ja. Pero mírame dónde estoy, a todos los tengo comiendo de mi mano. Tenía de dos sopas y la mía es mejor. *Olhos que não vêem, coração não sente.* Así que dejé de llorar y me apliqué. Soy libre, viajo cada vez que termina mi contrato; voy a mi país, donde estoy construyendo una hermosa casa para mi hija. Y ¡sí!, cambiaron el rumbo de mi vida, pero yo tomé la delantera. Todos estos arroces ya no me atemorizan. Si no puedes contra ellos, únete. Ésa es mi filosofía.

—Necesito que me ayudes —dice Verónica—, quiero ser como tú. Ya no quiero ser víctima, tengo que salir adelante de esta porquería. ¿Puedes ayudarme? ¿De qué contrato me hablas?

—Ves, ni siquiera sabes en qué condiciones estás en este país. Eso es lo primero que tienes que aprender. Tú estás contratada, para los ojos de la justicia, en una agencia de modelos. Y tienes que renovar ese contrato cada seis meses. Si realmente quieres mi ayuda, empieza por dejar atrás todos los sentimientos que te hagan débil. De ahora en adelante, estás en la guerra y tienes que ponerte todo el armamento encima. Te protegerás con la armadura más recia que encuentres y no dejarás que nadie vea tu verdadero rostro, sólo lo conocerás tú cuando te mires al espejo. Ya no te gustará lo que verás de ti, pero te acostumbrarás, como te has acostumbrado a esta basura. ¿Te digo algo?

—Sí, dímelo.

—Tu prima no te va a ayudar a ser una samurái, ella es un poco ingenua, por no llamarla de otra manera, y muy miedosa. Yo creo que nunca dejará atrás sus valores, eso va a perderla. Y eso, mi querida amiga, tienes que hacerlo a un lado. ¿Quién ve por ti? Nadie, ¿verdad? Pues empieza a hacer a un lado todo lo que te estorbe para ser alguien parecida a mí, que soy única… Por favor, pásame mi cepillo porque se está haciendo noche y es hora de salir a ganar.

Canto de cigarra.
Aunque no lo parece,
pronto morirá.

Matsuo Basho (1644-1694)

La proxeneta ha llegado a constatar que Aurora es más atractiva para los japoneses y Verónica más astuta para estafar a los clientes.

Una noche, Hikoru lleva a Verónica a una bodega de pescado, para cubrir una de las ya habituales entregas. La hilera de Mercedes Benz estacionados fuera del local hace pensar a Verónica que está siendo llevada a una reunión de hombres de negocios del más alto nivel. En cambio, al entrar en el inmueble, ya cerrado, sólo se encuentra con un hombre acostado en una recámara improvisada, que sin embargo está arreglada con el mayor lujo y equipada con las más selectas bebidas y un platón lleno en su totalidad de cocaína. El hombre, delgado, de unos cincuenta años y con unos ojos tan negros como el azabache, de un brillo animal, está desnudo. Al verlo, Verónica se estremece, con un presentimiento de fatalidad.

—Acércate —le dice el hombre a Verónica, con una voz desagradablemente chillona, pero en un perfecto inglés. La mexicana se encuentra aún paralizada por un incontrolable miedo, por lo que tarda en obedecer. En respuesta a su tardanza, el japonés se levanta de la cama con gran agilidad y golpea con el puño la nariz de Verónica, fracturándosela de inmediato. El dolor es tan intenso que casi se desmaya. A esto le sigue una patada, asestada con tal maestría que le rompe un brazo. Casi sin poder respirar y con la cara ya deforme, Verónica alcanza a escuchar—: esta noche será muy larga para ti, mexicanita, soy un hombre muy poderoso, con grandes conexiones y una fortuna considerable, así que si me viene en gana, puedo hacer de ti lo que me plazca, inclusive matarte, con la mayor impunidad. Ése es siempre mi trato con Hiroku cuando me trae a alguien aquí. Te voy a disfrutar de todas las maneras imaginables y por todos tus orificios. Si tienes suerte, vivirás. Pero si tienes más suerte aún, mañana amanecerás muerta y tu infierno habrá terminado. Pero, ahora, vamos a ponerte alegre.

Diciendo esto, el japonés toma un puño de cocaína y lo frota en la boca, en la nariz y hasta en los ojos de Verónica. La muchacha al principio siente que se ahoga, sensación que se transforma casi de inmediato en una euforia animal y que, a pesar de ella, le transmite una sensación de gran placer. Su remedo de cara y su brazo triturado dejan de dolerle. De importarle. El hombre la posee de mil maneras. La pone de cuclillas y la obliga a levantar las nalgas. Verónica, casi al borde de un colapso por la brutal sobredosis de cocaína, con el corazón latiéndole al máximo, es vejada múltiples veces, hasta que empieza a sangrar, completamente desgarrada. Antes de sumirse en una piadosa inconsciencia, de la que no sabe si despertará, se pregunta qué dolor es más terrible, si el de su cuerpo, golpeado, humillado y convertido en el más vil de los depósitos de la lujuria de los hombres, o el de su alma, que ese día cambia para siempre sin remedio.

Cuando finalmente despierta, se encuentra en una habitación junto a mamille Kokone, quien, profundamente preocupada porque la brutal experiencia de Verónica la pudiera dejar sin una de sus fuentes de mayor ganancia, la ha llevado a un hospital clandestino, donde está acostada desnuda sobre una plancha de operación metálica, cubierta hasta el pecho por una sábana blanca. La operan inmediatamente de la nariz y la enyesan del brazo. Además, le dan sedantes y medicinas para bajar su frecuencia cardiaca.

Una voz en japonés la comienza a traer de vuelta a la realidad. Medio abre los ojos logrando ver a mamille Kokone, completamente preocupada. Lo que escucha es una voz lejana y borrosa.

—Por favor, doctor, sálvela.

Verónica mira cómo un doctor se acerca a ella con una inyección en la mano. Pierde de vista la inyección conforme se va acercando a su cuerpo. Un hormigueo hace que comience a cerrar de nuevo los ojos.

Al salir del hospital, mamille Kokone acompaña a Verónica, que está dormida y tiene el brazo enyesado. La proxeneta, dándole la espalda a Verónica, mira su teléfono dubitativa. Finalmente comienza a marcar un número con mucho temor.

—¿Oyabun Okajara?

—¿Quién habla?

—Soy su servidora, mamille Kokone. Sé que no debo hablarle a menos que sean casos urgentes. —Mira a Verónica, para luego darle la espalda de nuevo—. Esto es importante: ya han pasado seis meses desde que llegaron las mexicanas al país y hay que renovar sus visas llevándolas a Corea, para que las pueda traer de regreso a Japón sin ningun problema de migración.

El oyabun Okajara le contesta:

—Haz lo que debas.

Se escucha cómo se corta la llamada y mamille Kokone se queda con el auricular en el oído.

Sin saber qué pasa, Aurora y Verónica, ya recuperada, son subidas a un avión rumbo a Corea, acompañadas por Mónica.

—No entiendo nada —dice Verónica—, pero creo que por fin vamos a alcanzar nuestra libertad. De algo sirvió la golpiza que me propinó ese animal. ¿Saben? Por un momento pensé que me moría. Todavía tengo cicatrices en el cuerpo de los puntapiés… —la voz se le quiebra y empieza a llorar con amargura—. Los odio a todos, los odio y esto lo tendrán que pagar.

Aurora la consuela:

—Ya estamos a media hora de llegar a Corea; ahí compraremos nuestros boletos a México, nuestro México. Ahorré dinero, lo traigo en las pantaletas. Nos alcanza para eso y más.

Mónica las mira con una amarga ternura.

En el aeropuerto de Corea, las tres chicas salen del control migratorio. Aurora y Verónica están alegres y, con sus pasaportes en la mano, salen deprisa para comprar sus boletos a México. Al salir del control migratorio, ven un letrero que dice: "Oriental Models America". Sus corazones laten rápidamente. Las dos al verlo intentan escabullirse entre la gente, pero seis agentes de policía las agarran, les quitan los documentos y las llevan hasta el hombre que sostiene el letrero. Aurora y Verónica gritan pero nadie hace nada al ver que son sujetadas por la policía. Mónica está junto al hombre del letrero con la cabeza agachada. Los policías le dan los documentos al hombre, quien a su vez les entrega un sobre que contiene dinero, y lo acompañan empujando a las dos mexicanas hasta una camioneta negra con vidrios polarizados.

El terror las invade de nuevo. Intentan abrir la puerta pero es inútil, tiene seguro. El hombre que está en el asiento del copiloto es el que mostraba el letrero. A su lado se sienta un chofer corpulento, trajeado y silencioso.

El hombre en perfecto español les dice:

—Tendrán que regresar a Japón; no se les devolverán sus papeles hasta que acaben de pagar sus deudas. Mamille Kokone ya ha pagado más de la mitad de lo que deben, pero todavía resta una parte.

Verónica, en llanto, intenta convencer al misterioso hombre que habla con serenidad:

—Señor, ya no podemos ir a Fukushima, mire… casi me matan. —El hombre gira para ver a Verónica detalladamente. Luego la mira a los ojos de forma comprensible—. Estamos en la mejor disposición de pagar, pero ya no nos mande allí, por favor.

Aurora pregunta:

—¿Cuánto nos falta por pagar?

Y saca aprisa todo el dinero que tiene en las pantaletas. Lo saca hecho bolas y extiende sus dos manos ofreciéndoselo. El hombre mira el dinero, le da un poco de ternura, pero sin hacer nada continúa hablando con seriedad.

—Si trabajan con empeño, en tres meses estarán libres. Las dos son muy bellas. No está en mi poder mandarlas a un lugar u otro. Pero les daré una recomendación —ambas escuchan atentas—. Si las llevan a Tokio, deberán acostarse todos los días con cuatro o cinco clientes. Claro, en lugares muy elegantes y de gran respeto, porque Tokio es… —piensa en la palabra—, ¿cómo se dice? —truena los dedos un par de veces para ver si así lo recuerda más rapido—. Ah… especialmente sexual.

Aurora y Verónica le suplican:

—¡A Tokio no, no nos lleve allá!

El hombre asiente:

—Tienen que convencer a mamille Kokone para que las mande a Aomori, donde existe uno de los mejores bares del país. Es un lugar donde, dependiendo de sus habilidades, pueden ganar mucho dinero y la libertad —el hombre, sin perder el tono amable, las mira de repente con una seriedad sepulcral—. Las voy a regresar al aeropuerto y cuando estén en el control de pasaportes las quiero sorientes. Si hacen algún movimiento extraño o intentan pedir ayuda a alguien, sólo recuerden quiénes las trajeron a mí cuando intentaron huir y, sobre todo, que conocemos a toda su familia y que los mataremos de una forma cruel, sin dejar a nadie con vida. ¿Entendieron?

—Sí, señor, muchas gracias.

—Buen viaje y esperemos que las trasladen.

Bajan de la camioneta y Aurora y Verónica se despiden con grandes reverencias. La dignidad ha desaparecido en ellas. Éste es el momento en el que reconocen la precariedad de su existencia y terminan rindiéndose a su destino. Se adaptarán a las circunstancias con una sola idea en la cabeza: trabajar, juntar dinero y regresar a su país.

El hecho de que acaben asumiendo su desgracia y pretendan adaptarse no las exime de su condición de víctimas. Tienen que soportar la privación de su libertad, siempre engañadas. Han dejado de ser humanas y mujeres para convertirse en mercancía. En Japón han perdido todo: la vergüenza, la dignidad y hasta su nombre.

La mafia no les ha dejado nada.

Huye la serpiente
y queda tranquila
la montaña de azucenas.

Masaoka Shiki (1867-1902)

Aurora está desayunando sola. Come en silencio y su rostro refleja amargura. Verónica entra, completamente recuperada. Las dos se miran un instante y Aurora regresa su mirada al plato, como si Verónica no estuviera allí. Verónica no se mueve ni deja de verla. Le dice:

—Prima... —Aurora alza la mirada—. Te invito a caminar por el parque del Palacio de Oro, quiero hablar contigo. ¿Vamos?

—Acepto, tenemos tiempo de no hacerlo.

Seguidas por un chinpira, las dos caminan por el hermoso sendero que las lleva a lo alto de una colina, desde donde contemplan el paisaje. Oscurece de manera repentina y el sol, que brillaba esplendorosamente, es cubierto por una bruma que las rodea, tan densa que no pueden verse. El silencio se apodera del momento. Ambas están paralizadas y recogidas en sus propios pensamientos. De pronto, como surgido de la nada, el sol empieza a aparecer entre la niebla. El efecto es mágico: una luminosidad blanca que todo lo cubre y le da al lugar una sensación etérea y de paz. La visión es extraordinaria, el sol parece rodeado por varios anillos: el primero es una aureola que puede verse directamente; le sigue un anillo anaranjado que va difuminándose en otros que se hacen más oscuros hasta alcanzar una tonalidad dorada que lo baña todo.

"Dios debe estar hablándome", piensa Aurora, "está aquí, conmigo, en este momento... Señor, dame fuerza para seguir en este mundo lleno de injusticia. ¿Por qué tengo que pasar estas pruebas tan terribles? Si es para aprender a ser mejor las acato por tu voluntad". Aurora siente que Dios la abraza y la consuela, que la protege.

Llora, pero sus lágrimas no son de desesperación, tiene un sentimiento de plenitud absoluta.

De la misma manera repentina en que llegó la bruma, desaparece.

—¿Qué fue eso, Aurora?

—No lo sé, pero tuve una revelación. Sentí a Dios y me hizo saber que esto está a punto de terminar. Estoy llena de él. Tengo fe.

Aurora se acerca a Verónica para abrazarla, pero ella no responde a su intención.

—¡Qué Dios ni qué Dios! Lo que presenciamos fue un fenómeno de la luz. ¡Ja! ¿Y te sientes llena, primita? Pues yo te diré con lo que me encontré. A mí lo que me abrazó fue el sinsentido. ¿No es devastador? Es una nada lo que me atraviesa, lo roto de mi existencia, la brecha que se abre entre mis acciones y mis deseos. Un vértigo que me conduce al vacío, ésta es mi fe. Tú quieres creer en un Dios para no toparte con el vacío de tu propia existencia. Todo es un absurdo. ¿No lo entiendes? Tu Dios no es más que el recipiente vacío en el que depositas tu angustia para no perder la cordura, un paliativo que permite vivir la vida tal y como tú y yo la estamos sufriendo. Por mi parte, he decidido arrojarme al vacío de la existencia sin ningún paracaídas, a sabiendas de que no hay más que fatalidad. Mi vida no ha sido más que un constante vaivén de encuentros y desencuentros con la nada. La nada es sólo algo que siempre he tenido en la piel y en las entrañas, pero ahora sé su nombre.

—Verónica, ¿qué te está pasando? No puedo recriminarte más por haberme traído aquí. Ya lo he hecho tantas veces que no tiene sentido una vez más. Sé que ya no somos las mismas, pero tu cambio me apena. Te has convertido en otra persona. Tomémonos de la mano para salir de este infierno juntas.

—Qué bueno que lo mencionas, Aurora. De esto quiero hablarte. Desde que llegamos de Corea he estado hablando con mamille Kokone para pedirle mi cambio a Aomori. Ya no quiero estar aquí. Tampoco quiero estar contigo. Tú siempre me traes recuerdos que me hacen flaquear. Será mejor que separadas saquemos nuestras vidas adelante. Tienes razón al decir que he cambiado. ¡Claro que he cambiado, después del abuso que hemos recibido, las golpizas, las humillaciones! ¡Claro que he cambiado! Y te aviso, cambiaré más. Lo único que puede llenar mi nada es el odio que siento. No puedes estar cerca de mi transformación porque no la podrás soportar.

Aurora le suplica:

—Por favor, no te vayas, no me dejes sola. Te necesito, sólo nos tenemos a nosotras. No podré sobrevivir sin ti, Verónica, ¡te amo!

—No me necesitas, ya tienes a tu Dios. Que Él te acompañe. Lo mío ya está decidido. Me voy mañana a Aomori. Lo más seguro es que no salgamos con vida de esto, pero te deseo que puedas regresar a México. Si es así, ya nos veremos en algún momento de esta maldita vida. No me hagas uno de tus numeritos llorando porque no estoy dispuesta a escucharte.

Verónica comienza a descender la colina mientras Aurora, desconcertada y triste, la sigue como un perro faldero.

A la mañana siguiente, muy temprano, Aurora va en busca de Verónica, pero ya no está. Las compañeras le comentan que se ha ido al amanecer sin dejar ningún recado para ella. El señor Hikoru la llevó a la estación del tren. Pidió a mamille Kokone que no le dijera a nadie de su paradero, en especial a su prima Aurora. Dejó muy en claro que ya no le interesa nada de Fukushima.

Aurora espera el regreso del señor Hikoru para saber el paradero de su prima. Hermético, le responde que nadie sabrá nunca dónde está Verónica, pero que estará bien. Se da cuenta de que no hay nadie en la casa, de que Aurora y él están solos, sí, los dos solos. ¡Cuántas veces soñó con disponer de este momento para saciar su lujuria hacia ella! La toma del brazo y le dice jadeando al oído:

—Te he deseado siempre; es el momento de que te haga mía. Si gritas, le diré a Kokone que trataste de seducirme; eso te atraerá el odio de esa mujer que tanto me ama.

— ¡No, no! Si algo pasa entre nosotros ella me matará.

—Pues cállate. Si me acusas, ¡te hundo!

Hikoru la lleva a la recámara que comparte con Kokone. Ansioso, pero sin llegar a la brutalidad, desnuda a Aurora besándola y mordiendo su cuerpo. La penetra una y otra vez, como si sólo quisiera estar dentro de ella. Aurora se evade del momento pensando en la niebla dorada donde estuvo con Dios y cree escuchar: "Estoy contigo".

Hikoru por fin termina y le dice:

—Sal sin hacer ruido. Aquí no ha pasado nada.

Así, cada vez que encuentra la oportunidad, Hikoru hace uso de Aurora como si fuera de su propiedad, en el bar, en los baños…

Sin la compañía de Verónica, en su nueva y terrible soledad en Fukushima, Aurora experimenta una tristeza infinita, tan grande que incluso deja de menstruar. Creyendo que está embarazada, Aurora llega con mamille Kokone, quien fuma de su larga pipa sentada en su silla de madera.

—Dime, Aurora.

—Tengo un retraso de más de dos meses. Espero no estar embarazada. He usado todos los ungüentos y pastillas que usted me ha dado, pero, como sabe, ningún cliente quiere usar condón.

—¡No me puedes hacer esto, Aurora! Eres la puta más requerida de Los Cerezos Negros. Si estás embarazada, tendrás que abortar y perderé muchas ganancias. Más te vale no estarlo, porque de lo contrario, te quedarás a trabajar un año más para reponer todo lo que gastaré en ti.

—Pero, mamille Kokone, yo le hago ganar mucho. Creo que pronto mi cuenta estará saldada. A mí solamente me da el veinte por ciento de lo que gano y con eso puedo ir a restaurantes, compro mi ropa y mando algo a mi madre. Eso quiere decir que a usted le va muy bien.

La mamille la mira con desprecio y le da una fuerte patada en el vientre que la deja tirada en el piso.

—Nos vamos al doctor en una hora —le dice saliendo de la habitación.

Aurora y mamille Kokone están en una oficina de medicina tradicional. El anciano doctor la revisa morbosamente. El asco de ella es ya casi nulo, simplemente se evade del momento, sin ninguna expresión. El doctor le da unos polvos a la proxeneta y ella le da unos billetes.

Durante varios días Kokone lleva a Aurora con diferentes médicos, que le dan hierbas y otros remedios para que menstrúe, sin embargo, no lo consigue. Sube veinte kilos en tres semanas. Su cuerpo se hincha, las manos se le ponen como colchones. Nunca ha llorado tanto. En el fondo, su aumento de peso es el grito silencioso de ese cuerpo que no quiere seguir viviendo dentro de tanta porquería y mezquindad, así que se deforma para no ser atractivo a los ojos de nadie. Finalmente, la atienden en una clínica, clandestina por supuesto, donde el ultrasonido revela que Aurora tiene un ovario exageradamente inflamado, en un estado tan grave que la operan de inmediato, con el riesgo de que pierda la vida.

A los pocos días su cuerpo empieza a desinflamarse y puede mover las manos y las piernas. El señor Hikoru se ofrece para ir al hospital y ver cómo sigue. Habla con el doctor y después cierra el cuarto con llave; a pesar de que está recién operada, se monta en ella y satisface su ardor.

—Con estas ayudaditas que te doy, sanarás más rápido. Así, no se te olvidará cuál es tu deber.

Después de unas semanas, Aurora regresa a Los Cerezos Negros y a la maldita casa de Kokone.

Los campos, las montañas,
todo ha sido tomado por la nieve.
Ya no hay nada.

Matsuo Basho (1644-1694)

Al norte de Japón, en Aomori, muy lejos de Aurora, Verónica empieza una nueva vida. Se ha jurado que quienes han destruido por completo sus ilusiones tienen que pagar por lo que la han hecho vivir. Es una de las mejores y, por lo mismo, mejor pagadas prostitutas del Bar Rojo. El Bar Rojo es un lugar parecido a Los Cerezos Negros; su gran diferencia radica en la ausencia de cerezos y de terciopelo. Es mucho más moderno, aunque la iluminación también es tenue. Recuerda a los antiguos clubes de cabaré de Chicago. Las mesas tienen una pequeña lamparita roja al centro y están rodeadas por unas butacas de piel de color negro. Las paredes son de color rojo. Los espectáculos tienen más clase que los grotescos shows que se presentaban en el otro bar.

Verónica está completamente transformada. Es otra. Su rostro es un rostro calculador, que aprovecha la más mínima oportunidad para estafar. Luce con elegancia un vestido negro escotado hasta el ombligo. Tiene ademanes coquetos y se mueve con sensualidad. Está observando el lugar mientras chupa una paleta color cereza. Cerca de ella se encuentra Angela, su nueva amiga, una brasileña simpática, de baja estatura, con un cuerpo espectacular y el cabello color platino debido a la decoloración del peróxido; lleva un vestido entallado rojo, sin tirantes, que deja ver la mitad de sus pechos de forma provocativa. Tiene todos los ademanes de una geisha profesional, pero con la sensualidad de una latina. También lame una paleta color cereza. Las dos se miran y sonríen.

Parece que están compitiendo. Angela le dice:

—Te toca.

Verónica asiente y sondea rápido el lugar una vez más, hasta que encuentra un grupo de japoneses borrachos. Uno de ellos saca un fajo de dinero para pagar una botella y se lo vuelve a guardar en el bolsillo de su camisa, junto al pecho. Verónica le extiende la paleta a Angela, quien la toma. Verónica da unos pasos sensuales rumbo a su presa, mientras Angela ve divertida. A lo lejos, sentada en un banquillo de una barra, está mamille Yua, su nueva proxeneta, que observa todo lo que hacen las dos.

Verónica llega hasta el hombre, que está sentado en una orilla de la butaca de piel. Lo comienza a acariciar por detrás, lo que provoca que él cierre los ojos de exitación. Está muy borracho, casi inconsciente, sólo reacciona a las caricias con agrado. Verónica baja sus manos hasta su sexo, pasando por su pecho y por ende por el bolsillo. Su mano se lleva el dinero. Rápidamente se levanta, se da la vuelta y le enseña el gran fajo de dinero a Angela. Toma su paleta y la mira retándola con una sonrisa. Mamille Yua no ha dejado de observarlas. Verónica le dice a su compañera:

—Te toca.

Angela sonríe y camina contoneándose con la paleta hasta una mesa donde hay unos jóvenes ricachones. Están hablando, pero cuando llega Angela callan. Ella se apoya con una mano en la mesa y se inclina mientras chupa la paleta con la otra. Dice algo y se apoya en la mesa sobre sus codos de forma exitante. Dos de ellos se levantan aprisa para poner dinero en la mesa. El segundo pone más que el primero. El primero, entonces, saca más dinero de su cartera. El otro hace lo mismo y le pide a uno de los amigos sentados a la mesa que le preste un fajo grueso. El primero de los apostantes se lleva las manos a la cara para luego jalarse el cabello por su derrota. Angela agarra todo el dinero y toma la mano del chico para llevarlo a un privado.

Al pasar al lado de Verónica, le enseña sus billetes, abanicándolos. Verónica le dice:

—Eso es trampa.

Angela, sonriendo, se lleva al muchacho a los privados. Mamille Yua, al ver esto, niega con la cabeza sonriendo y sigue tomando. Verónica camina hasta ella con el fajo de billetes y los pone en la mesa.

—Mamille Yua, no tengo bolso, guárdelos por mí.

La mamille la mira con gusto y contesta:

—*Hai.*

Con esta conducta mamille Yua tiene control sobre las ganancias nocturnas. Cobra a todas las chicas lo que sus clientes han dejado en sus bragas y sólo les deja el diez por ciento. Verónica informa a mamille Yua lo que acontece en las casas donde viven las muchachas secuestradas. Su encanto, que le sirve para estafar a los clientes, también le ha sido útil para obtener algunos privilegios en la nueva casa. Así se ha ganado la confianza de su nueva proxeneta, quien la deja salir a comprar comida y dar breves paseos por el pueblo.

A dos cuadras de la casa de mamille Yua hay un gran centro comercial, donde Verónica acude constantemente en compañía de Angela, que es la otra consentida del Bar Rojo, habla perfectamente el japonés y destaca por sus cualidades para el negocio. En su sonrisa y en el movimiento de las manos imita a las muchachas japonesas. Las japonesas poseen un lenguaje sofisticado que expresan con las manos y con los dedos y es la herramienta principal de su femineidad. Al hablar, se cubren la boca con una mano en un gesto de cortesía; al tomar el té, ponen una mano bajo la taza para evitar que se derrame y con coquetería la desplazan. Con las manos, dicen si les gusta algo o no; cuando niegan, lo hacen con el dedo índice de forma muy sutil, pero cuando cruzan las muñecas e inclinan la cabeza, es un no rotundo. Para coquetear, Angela se pone las manos en el rostro y sus ojos sonríen. Se ha vuelto una maestra en el arte de la seducción japonesa. Sabe cómo tratar a los hombres y seducirlos, tiene la habilidad y los conocimientos de una geisha. A estas alturas ha aceptado la prostitución como oficio y negocio. Empezó como todas las muchachas que han desfilado por ahí: secuestrada, humillada, explotada. Al no encontrar forma de escapar, más que aceptarlo, se ha ido formando para cumplir las exigencias de sus raptores y de los clientes, hasta convertirse en una experta capaz de dividir lo que siente en la profundidad de su alma. Esta habilidad le permite sobrevivir en ese submundo cruel y destructor, a tal grado que se ha vuelto indispensable en el Bar Rojo y es una de las mejores inversiones del lugar: cuenta con una multitud de clientes que la solicitan. Hay una razón poderosa que la mantiene ahí y que la ha hecho aceptar el vivir como vive: es madre soltera y envía dinero a su hijito y a su madre para que se mantengan. *Dinero* es la palabra que resuena cuando soporta al cliente que la usa y el beneficio que obtiene. Su cercanía con ciertos mafiosos importantes también le brinda algunos patrocinios. Alquila su cuerpo y a cambio construye la casa para su familia en Brasil; asegura, así lo cree, el futuro de un hijo al que hace tiempo no ve.

Verónica y Angela entran al centro comercial y ven con cierta curiosidad a dos *gaijin*, como los japoneses llaman a los extranjeros, que caminan mirando aparadores. Distraídos se acercan a las mujeres y cuando se encuentran cerca se sorprenden; en realidad, la sorpresa es de ambas partes: es raro encontrar turistas en Aomori, ciudad que se dedica principalmente a la pesca y que tiene un clima más bien inhóspito y sin atracciones dignas de mencionar. Con la complicidad que da ser extraños en una ciudad lejos de sus países y porque una cierta solidaridad fugaz nace de manera espontánea, ellas y ellos se sonríen. Verónica y Angela se acercan coquetamente.

—Hola, me llamo Edward Williams —dice uno de ellos mirando con profunda atracción a Verónica.

Williams, de treinta y dos años, rubio, alto, de complexión robusta, nacido en Houston, oficial de la Armada de los Estados Unidos, está comisionado en la base aérea de un poblado cercano.

—¡Pero qué belleza veo aquí en este lugar tan alejado! —exclama—. ¿Eres americana?

—No, amigo. Soy mexicana, pero viví muchos años en Los Ángeles.

—Tu inglés es perfecto.

—¿Qué haces en este pueblo?

—Soy oficial de la Armada de mi país y estoy en Japón desde hace dos años. ¿Y tú?

Verónica voltea a ver a Angela, quien les responde a los dos militares:

—Trabajamos en un restaurante japonés. Se llama Bar Rojo. —Verónica le echa una mirada de muerte cuando escucha el nombre maldito.

—¡Qué bien! Podremos visitarlas —contesta el otro oficial—. Me llamo Mike, ¿y tú?

—Soy Angela, pero no pueden visitarnos porque el restaurante es exclusivo para lugareños.

—Sí, las extrañas costumbres japonesas… Pero ahora podrían aceptarnos una invitación a comer. El tercer piso está lleno de pequeños restaurantes.

Los cuatro están sentados alrededor de una mesa enana. Verónica y Angela están acomodadas en *seiza* (la forma de sentarse tradicional japonesa, en la que se doblan las pantorrillas y las nalgas descansan encima de los talones), mientras que los hombres están sentados como pueden. Ellas emanan sexualidad mientras comen, sobre todo Angela, que hace todos los ademanes de geisha al comer. Están probando diversos platillos para compartir.

—Somos aviadores —le dice Edward a Verónica— y es la primera vez que venimos a Aomori. Nos aburrimos en la base y decidimos conocer los alrededores. Vivimos a dos estaciones del tren de aquí y salimos de compras para distraernos. Pero ¡qué agradable encuentro!

Los hombres a estas alturas tienen uno de los brazos apoyados detrás de la espalda para estar más cómodos, mientras que las dos mujeres no han perdido su entereza y porte ni un instante. Una mesera se acerca a servirles más té. Le sirve a los dos hombres primero y luego a Verónica, que con un sutil "no" con el dedo cerca de la taza hace que la mesera no le sirva. La mesera se acerca a Angela, quien sobre la taza cruza elegantemente las muñecas e inclina la cabeza. La mesera asiente y se retira. Los hombres miran fascinados a las mujeres.

Un poco pagado de sí mismo y entusiasmado por lo que supone será una conquista fácil, Edward le pregunta a Verónica mientras comen:

—¿Te gustaría conocer algunos lugares en bicicleta? Mañana podríamos hacerlo solos, ¿qué dices?

Verónica, trazando rápidamente un plan que empieza a aflorar en su mente, contesta:

—Muy emocionante; he tenido tanto trabajo que se me ha olvidado qué es pasear en el día. ¡Y andar en bicicleta me parece tan romántico! En el restaurante nos hacen trabajar mucho. Llego tan cansada a mi habitación que lo único que quiero es dormir. Pero acepto, mañana nos vemos.

Esa noche hubo mucho movimiento en el bar. Verónica tuvo que atender a varios clientes con servicios menores y adicionalmente a otros dos que pagaron para acostarse con ella. Con repugnancia y resentimiento infinitos, quiso zafarse.

—Mamille Yua, no me mande con ningún cliente. Por favor, mañana hago lo que usted quiera, pero déjeme ir a descansar, hoy no me siento bien.

—¡Cállate! —le contesta, propinándole una cachetada—. Aquí no hay mañana, te regresas a trabajar o llamo a los chinpiras.

Verónica, apretando la mandíbula mientras hace una reverencia, regresa a vivir el infierno de su oficio. A las seis de la mañana termina por fin su trabajo. Un par de clientes la violaron durante la noche, como es la costumbre de los más brutales. Al llegar a la casa sólo duerme algunas horas, pero se levanta ilusionada y, por primera vez en mucho tiempo, con una sonrisa en el rostro y en el alma.

En la ducha, se restriega casi obsesivamente las huellas en su cuerpo maltratado intentando que no quede ningún rastro de lo sucedido la noche anterior. Se viste con unos jeans, una simple camiseta blanca y unos tenis desgastados. Sin una gota de pintura en el rostro, va al encuentro de su oficial Williams. Quedaron de verse en el Parque del Emperador.

—Hola, Verónica, te traje una bicicleta —la saluda Edward en cuanto llega. Ella lo mira con ternura; es la primera vez desde que llegó a Japón que confía en un hombre.

—Tenía tantas ganas de venir y verte. No sabes lo importante que es para mí haber venido al parque.

Los dos empiezan el recorrido por un sendero de arcilla roja. Verónica siente el aire en sus mejillas y su cabello se mece con la brisa que esa mañana acaricia los árboles, que empiezan a cambiar su ropaje ante la llegada del otoño, y en cuyas ramas contrastan hojas amarillas, rojas y púrpura. El espectáculo llena esa pobre alma secuestrada en aquel punto del mundo, tan alejado de su lugar de origen. Llegan a un rincón donde gozan de la vista de una cascada, La Magnífica. Se dirigen al pequeño mirador. Están impresionados de ver ese monstruo con su fragor de vida, ejemplo de lo que la tierra da a luz para confirmar el portento de la naturaleza. Los dos giran lentamente a verse, se miran a los ojos fijamente unos instantes mientras los reflejos dorados del atardecer los cubre. Se acercan para darse un hermoso beso y se separan con ternura.

Es el único beso que Verónica recordará para el resto de su vida.

Al regresar del paseo, Verónica parece separada de su cuerpo. Tiene la extraña y valerosa sensación de que cualquier cosa que le pase, cualquier vejación que le inflijan, ya no le importará. En su mente sólo está el anhelo de la próxima cita con Edward, que la invitó a visitarlo en la base naval. Siente que ha encontrado a alguien que puede ayudarle a escapar. Como la proxeneta de la casa de Aomori piensa que Verónica está sometida a su autoridad y, además, le ha dado muestras de fidelidad, no la ha puesto bajo vigilancia; tiene sobradas pruebas, así lo cree, de la lealtad de la mexicana. Por eso, aprovechando su relativa libertad, después de cumplir sus arduas horas de trabajo, Verónica espera impaciente la mañana para tomar el tren y poder encontrarse con Edward en la base naval. Esa mañana se arregla con esmero y pulcritud, realzando su belleza. Acompañada de la ilusión y de una gran sonrisa, acude a su cita.

Al llegar, la embarga una emoción que creía olvidada; a pesar de las salidas y paseos, siempre se sentía presa en la casa, en los cuartos de hotel, en el paisaje de casas orientales, siempre tan distintos al bullicio de su Ciudad de México, tan lejana. Edward la espera a la entrada del complejo militar en una pequeña camioneta. La base naval es prácticamente una ciudad americana, un lugar ajeno y alejado de la realidad japonesa.

—Ahí están las pistas aéreas; más adelante está la marina, donde se encuentra la flota. Te llevaré al supermercado, para que compres lo que quieras.

Está sorprendida. Mira con asombro el supermercado. Empuja un carrito de metal, dando pasitos a un lado y al otro de los pasillos, Edward camina contento junto a ella.

—¡Guau! Es un mercado como los de Los Ángeles. —Se acerca corriendo a mirar unos pasteles—. ¡Mira qué pasteles! ¡Y mis cereales consentidos!

Verónica está frente al pasillo de higiene personal. Toma varias botellas de champú y las abraza, aferrándose a su humanidad. Cierra los ojos. Su ceño se frunce.

—Mi champú… —Se limpia las lágrimas con la mano libre; gira hacia él—. ¡Oh, Edward, gracias, muchas gracias!

Verónica se suelta a llorar, sin que él comprenda por qué. La espectacular mujer se abraza a Edward y lo besa casi frenéticamente. Encontrarse ahí, entre ventanales y la decoración impersonal de McDonald's y otras tiendas, con el aire acondicionado artificial, canchas de tenis, de futbol, parques con senderos para correr y andar en bicicleta, con gente que la saluda, con facciones de ojos redondos en pieles blancas y oscuras, la hace sentirse en un lugar conocido y protegida.

Además, el amor que ella siente que Edward le profesa la hace sentirse redimida de alguna manera. Su primer encuentro sexual tiene lugar en la habitación de él, una recámara sin muchos adornos, bastante sobria. Con cortinas en las ventanas. Todo pulcro y en orden. El lugar está en penumbras. La luz se filtra a través de la ventana. Se miran con mucha ternura. Ella le sonríe y él le responde igual. Ella lo besa con amor. Él la comienza a acariciar suavemente, quitándole la camiseta. La toma con ambas manos de la cintura y sube su mano con delicadeza hacia el pecho. Ella se agacha para seguir besándolo. Hacen el amor.

Para sorpresa de Verónica, Edward le resulta también amoroso; a su vez, para él, la experiencia de ella, adquirida a lo largo de meses, basta para que a partir de ese primer encuentro quede hambriento de su cuerpo.

Lejos de los abusos, la violencia y la perversidad con la que es tratada cada noche, el encuentro con Edward es una pequeña luz. Quizá la única pequeña luz en esa alma ya podrida.

Invariablemente, todas las madrugadas, al salir del Bar Rojo, después de exhibir y vender su cuerpo, de soportar todo tipo de vejaciones, Verónica toma el tren para llegar a la base militar y encontrarse con Edward, quien la espera ansioso y la recibe con una gran sonrisa. A veces, al abrazarla, le da una flor; otras, una caja de bombones de chocolate, al mejor estilo de las películas norteamericanas de los años cuarenta. Van a la habitación de él; para que ella se relaje de la tensión de la noche, juegan a las cartas, después beben una copa de vino y hacen el amor. En muchas ocasiones Verónica llega ebria, se abraza a Edward y se suelta a llorar.

—Dime, Verónica, ¿qué es lo que te duele tanto? ¿Por qué te pones así? Yo te amo y me gustaría que confiaras en mí. Ven, recuéstate, mi amor...

Verónica y Angela están sobre el escenario, con el pecho desnudo, besándose y acariciándose mutuamente. Los hombres del bar chiflan y aúllan frenéticos. La iluminación es escasa, con excepción del escenario. Angela y Verónica, casi completamente desnudas, simulan una relación sexual lésbica. Las dos llegan al suelo, donde giran de un lado a otro simulando un orgasmo, mientras se abrazan y parecen masturbarse. Verónica está boca arriba, con los ojos cerrados y gimiendo. Abre los ojos en pleno orgasmo fingido y ve frente a ella a Edward y Mike, quienes las miran sorprendidos. Verónica calla abruptamente y llama la atención de Angela, que dirige su mirada a donde está viendo su amiga, y también se soprende. Edward y Mike van a decir algo, pero son descubiertos por los chinpiras, que se acercan a ellos y los toman por los hombros.

—Lo sentimos, esto es sólo para clientes japoneses.

Los chinpiras comienzan a jalonear sutilmente a Mike y a Edward con la intención de escoltarlos a la salida. Los dos amigos se levantan sin quitarles la vista de encima a las mujeres; la actitud de Edward no sólo es de sorpresa, quizá hay algo de decepción, aunque también siente un latigazo de deseo oculto.

Verónica y Angela, que han dejado de moverse, comienzan a recibir chiflidos y gritos para que continúen. Se besan y todo el bar grita de emoción.

Al día siguiente, Verónica y Edward, como a veces hacen, se ven en el parque. Mirándolo de frente, contrita, como si fuera a recibir una sentencia, Verónica le dice:

—Perdóname, no te he dicho la verdad sobre mí, no sé si vas a creerme… estoy secuestrada por gente que trabaja para la yakuza, me obligan a ser prostituta para pagar una deuda que bien a bien no sé cómo contraje…

—¿Qué es lo qué dices? ¿Yakuza? ¿Qué deuda? No entiendo lo que me dices, no puedo ni quiero entenderlo.

—En México unas personas me ofrecieron un trabajo de modelo y terminé aquí, prostituyéndome y amenazada de perder hasta la vida. No tengo salida… Ya no puedo más. Necesito tu ayuda, mi amor…

Edward se acerca a ella y resuelto le dice:

—Escúchame muy bien, esto es muy peligroso y no nos pueden ver juntos. Si eso pasara, me pueden matar. Tenemos que pensar la forma en que puedas salir de esto. —Pasa su brazo por los hombros de ella para llevarla bajo la sombra de un frondoso árbol, cuyas hojas color naranja parecen cobijarlos y protegerlos de cualquier mirada que pudiera amenazarlos—. Siéntate y cuéntame todo.

El día va creciendo a medida que Verónica se sincera con Edward...

Después de esa mañana, pasan varios días sin que Verónica reciba noticias de Edward ni pueda comunicarse con él; marca su teléfono desesperada, pero no recibe contestación. Una noche, antes de comenzar a trabajar, una camarera del Bar Rojo le entrega una carta secretamente.

—Esto es para ti.

Verónica le da las gracias y entra a su camerino. Es un camerino compartido; no hay nadie. Llega hasta un tocador que tiene un espejo con focos encendidos alrededor para maquillarse. Hay ropas de diversos tipos; algunas prendas son más provocativas que otras; todas están colgadas en percheros o sobre las sillas de las chicas. La luz es cálida. Verónica está frente a su tocador. Mira fijamente la carta. No sabe qué es, pero tiene un mal presentimiento. Abre la carta y comienza a leer.

Querida Verónica:

Después de saber quién eres en realidad tuve que tomar algunas medidas de seguridad para evitar cualquier amenaza a mi persona. El mundo al que perteneces no sólo es criminal, es sanguinario y perverso. Perdona, yo tampoco te dije todo sobre mí, tengo que confesarte que estoy casado, tengo dos preciosos hijos y una buena mujer. Te ofrezco mis disculpas, pero mi atracción por ti es como un fuego que si no se alimenta va a devorarme. Sí, creí que podía aprovecharme de ti y tener una relación pasajera contigo mientras permanecía en Japón. Debes comprender que no puedo poner en riesgo nada de lo que con tanto esfuerzo he construido para mi vida. No mereces que nadie más te lastime, y menos yo. Bastante tienes con tu propia tragedia. Te recomiendo que vayas a tu embajada a solicitar ayuda. Espero sinceramente que pronto dejes atrás esta pesadilla.

Me despido para siempre. Con todo mi amor.
Edward.

El dolor y la furia hacen erupción en el pecho de Verónica, que aprieta la carta; así siente de estrujado su corazón, que parece que en cualquier momento va a desgarrarse. Barre con las manos todo lo que está sobre el tocador del pequeño camerino: frascos, pomos con polvos, espejos de mano caen al suelo con estrépito. Sin importarle la prohibición de salir del antro en horas de trabajo, se pone encima una gabardina y abandona el bar como una exhalación. Es tanta la furia que expresa su rostro que, tomados por sorpresa por la violencia de su proceder, los chinpiras que siempre resguardan la puerta del local quedan paralizados viendo cómo abandona el bar. Empiezan a ir tras ella, pero mamille Yua hace un gesto para que la dejen en paz; sabe que, sea lo que sea lo que le esté pasando a Verónica, es buena para el negocio. La proxeneta presume de su olfato para entender las actitudes de sus pupilas.

En la calle, caminando deprisa, Verónica reclama al cielo:

—¡Dios, si esto quieres para mí, que así sea! ¡Pero de hoy en adelante ya no seré hija tuya! Soy de ellos y en ellos me convertiré. No más dolor. Ya no.

Por este camino
nadie va.
Atardecer de otoño.

Matsuo Basho (1644-1694)

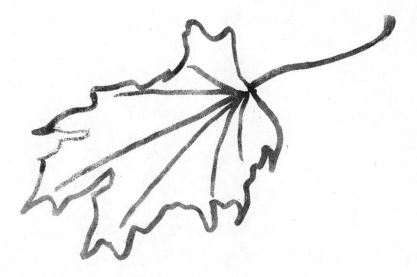

Pasados dos mes, mamille Yua llama a Verónica a su oficina. La ha estado observando durante meses y los reportes que de ella recibe la tienen satisfecha.

Verónica desliza la puerta corrediza, entra a la oficina de mamille Yua y cierra la puerta detrás de ella. Yua está sentada en una silla detrás de un pequeño escritorio lleno de papeles.

—Siéntate, por favor. —Saca un cigarro—. ¿Gustas? —Verónica acepta. Mamille Yua lo enciende y se lo da. Prende otro para ella, fuma y tose—. Como puedes ver, estoy muy desmejorada. No soy ni la sombra de lo que hace años era. Una mujer que no sólo gobernaba a todas sus pupilas, sino que yo misma, cuando me apetecía, gozaba con los hombres. Ahora estoy enferma de mis pulmones y no puedo trasnochar. Debes saber que tengo otras casas; existe una en particular en la que están todas mis chicas menores de dieciocho años; ya sabes, hay a quienes les gustan incluso más tiernas, niñas. Es La Casa de las Bellas Durmientes. —Fuma y mira a Verónica sosteniendo el humo. Al soltarlo continúa—. He pensado en ti para que te encargues de ella, que es el negocio más grande que tengo. Tienes astucia, una cierta frialdad y cinismo para sobrellevar las cosas. Ya te propuse con quien debo hacerlo y ha dado su autorización. No es fácil dejar esto en manos de extrañas y menos de una extranjera... Si me fallas, te mato sin ningún miramiento y te arrojo al mar. Nadie sabrá siquiera que has existido. ¿Aceptas?

Verónica la mira impactada y siente que su corazón se congela por un momento. Sólo un momento.

—Sí. Estoy a sus órdenes como siempre, mamille Yua.

—Muy bien, es lo que quería escuchar. Te llevaré a La Casa Verde, así se llama. Ahí aprenderás tu nuevo oficio, el oficio de regente. Esto no te exime de que cuando quiera que veas a un cliente deberás hacerlo, ¿entendido?

—Perfectamente, mamille Yua.

El automóvil que las conducirá a las afueras de Aomori las aguarda. Verónica contempla el campo verde. Llegan a una casa grande con una puerta pequeña, igual que sus ventanas. Al entrar, Verónica se da cuenta de que la casa tiene un recibidor tradicional y que está rodeado de habitaciones.

—Todos los clientes que llegan a La Casa Verde son ancianos. Es requisito, llámalo tradición si quieres, tener más de ochenta años para entrar aquí. Lo que vienen a buscar en este sitio son cuerpos de jóvenes vírgenes. Tienen prohibida cualquier penetración a las jóvenes, ya sea con su sexo, sus dedos, sus lenguas o algún objeto. Todas las jóvenes vírgenes son drogadas dos horas antes de que el cliente llegue. Te enseñaré lo que les inyectamos para que permanezcan aletargadas toda la noche y parte del día. Nunca se enteran de lo que en realidad ha pasado esas noches con sus cuerpos.

Horrorizada, Verónica no da crédito a lo que escucha.

—Pero, mamille Yua, ¿ellas saben que se acostarán con unos viejos?

—¡Claro! Se les paga demasiado bien a estas niñas para que al drogarlas no estén enteradas de lo que hacen... Sólo que no las podemos drogar más de dos veces por semana. Es por eso que tenemos ocho vírgenes para esta casa. Los ancianos se asquean de sí mismos y de otros viejos; eso de la ancianidad digna es para los sabios. A los viejos nadie los busca ni les habla; día a día se sienten cada vez más malolientes y más decrépitos. Vienen aquí para acostarse con jóvenes. Quizá las toquen, las besen, las huelan o gocen simplemente con sentir que sus arrugas se mezclan con piel joven. Los vejetes las cargan, las abrazan, las mecen y las colocan en las posiciones que quieren. Las vírgenes no se mueven. Respiran lento, pero no sienten nada. El narcótico no las deja sentir.

Verónica corre a un jarrón que tiene cercano, se agacha y vomita. Se levanta sin limpiarse la boca. Mamille Yua, indignada al ver esto, va hasta ella y comienza a abofetearla hasta sacarle sangre.

—¡Estúpida, eres una estúpida! ¿Cómo confiar en ti con esa actitud?

—Perdón, perdón, mamille Yua, no volverá a suceder.

—¿En qué nos quedamos? Ah, sí. Éstas son las ampolletas que deberás inyectar. Cuando estén completamente relajadas vas por los clientes; primero, les ofreces una taza de té; después les das las indicaciones: está prohibido beber alcohol, sólo se puede tomar té. A la mañana siguiente se les sirve el desayuno; antes de las nueve de la mañana tienen que salir de la casa. Tu trabajo será quedarte la noche en vela, por si escuchas ruidos que no son los habituales; eso indica que algo no está saliendo de acuerdo con las instrucciones. No falta quien, ante el cuerpo de las jóvenes, recupera un vigor del que se había olvidado. Debes asomarte por esta mirilla que está detrás de las cortinas, hay una igual en cada habitación, para ver que los ancianos estén cumpliendo las reglas. Si uno de ellos las está rompiendo, llamas al chinpira que siempre estará en la parte baja de la casa. A veces los ancianos se excitan tanto que no pueden dormir, pero, por otro lado, son tan grandes que no pasan toda la noche en vela. A lo largo del tiempo que he trabajado aquí he comprobado que casi todos lloran y gimen; quizá recordando su niñez o sus amores o qué sé yo, la vida que se les fue. Vienen por sus muñecas de carne para poder sentir que están vivos.

—¿Cuándo empiezo, mamille Yua? —pregunta Verónica mientras se limpia la sangre de la boca, junto con las lágrimas que no debe ver la proxeneta.

—De inmediato.

Su nueva posición le da a Verónica la oportunidad de sentirse con más tranquilidad, pues no tiene que practicar sexo todos los días. Aunque no por eso deja de tomar sus precauciones. Lo que quiere preparar es su salida de Japón. Ésta es la gran oportunidad de trabajo para no ser descubierta y liquidada por los yakuza.

Pobrecita,
la mujer estéril
mima las muñecas.

Hattori Ransetsu (1654-1707)

Vestido impecablemente de blanco, el jefe de todos los yakuzas del centro de Japón, el señor Okajara, acompañado de un grupo de veinte hombres también vestidos de blanco, tras descender de sus Mercedes Benz del mismo color, entran al bar Los Cerezos Negros. Forman un grupo imponente.

Dentro del bar, acuden hasta mamille Kokone y le dicen algo al oído. Ella se sorprende, alza el brazo y chasquea los dedos. Con eso toda la música y el ambiente se terminan. Un chinpira grita en japonés:

—Se acabó el espectáculo del día de hoy. Levántense y váyanse. ¡La casa invita, solamente retírense ya!

De inmediato, quienes estaban ahí desalojan rápidamente el local; los yakuza son los dueños. Las mujeres están paradas sin moverse y sin entender lo que acaba de suceder. Los hombres vestidos de blanco comienzan a entrar y a hacer dos filas para dar paso al oyabun Okajara, que entra y mira el lugar. Decide y escoge una mesa donde se sientan él y sus hombres de confianza. Una mesera se acerca y el señor Okajara pide whisky y pasea su mirada por el bar. La mesera hace una inclinación y rápidamente regresa con la botella, vasos y hielo. Okajara sigue mirando y sus ojos se detienen en una mujer que está sentada en la esquina de la barra. Es Aurora. El oyabun truena los dedos. Mamille Kokone se acerca con toda clase de reverencias y le pide que Aurora se siente a su lado. Mamille Kokone llama con una seña a un chinpira y con los ojos le dice que lleve a Aurora con el oyabun; el chinpira se acerca a Aurora, la toma del brazo y la lleva hasta la mesa de Okajara.

Aurora, al sentarse, tiene la cabeza agachada de forma sumisa. Él le dice:

—Mírame.

Aurora parece no entender. El oyabun Okajara, con una delicadeza que podría confundirse con ternura, pone su mano en la barbilla de la chica.

—Mírame.

Los grandes y bellos ojos de Aurora lo miran y él se estremece. Aurora queda electrizada; una emoción nunca antes sentida se apodera de ella mientras ve al jefe yakuza; no sabe si es instinto o un cúmulo de sentimientos provocados por la desesperanza, pero cree advertir en los ojos negros de Okajara algo con lo que ella se identifica, algo que intenta apartar de inmediato para regresar a la condición de prostituta al servicio de cualquiera que la alquile. Sin embargo, a pesar de ella, no puede negarlo, el cosquilleo en su cuerpo le hace saber que se siente atraída por ese hombre, quien al mismo tiempo le provoca escalofrío y algo que prefiere llamar paz.

La noche da inicio, una noche extrañamente calma y cálida. Okajara le toma la mano y no deja de verla a los ojos.

—¿Cuál es tu nombre?

—Aurora.

—¡Ah! Aurora. ¿Me sirves un trago? —Le dice sonriendo amablemente—. Por favor.

A partir de ese momento, ir al bar se convierte en un ritual, el diario ritual del señor Okajara para ver y conversar con Aurora.

Cuando las otras muchachas le preguntan a Aurora por el señor Okajara, les dice que es simpático, que la trata bien, que cuando comienza el karaoke, sube a cantar y le canta a ella. Todos los yakuzas cantan karaoke como una forma de evadirse de la tristeza que acompaña sus vidas sometidas al cumplimiento y respeto de sus tradiciones, que los obligan a realizar actos muchas veces innombrables; las otras formas de evadirse son el alcohol y el sexo. Entre los yakuzas hay algunos que le cantan a su oyabun tan sentidas canciones que se podría pensar que hay un extraño enamoramiento hacia el jefe de los jefes. En su caso, el oyabun Okajara los mira de reojo cuando le cantan y asiente con una sonrisa apenas perceptible; pero ese breve gesto es suficiente para hacerles pensar a las chicas que trabajan en Los Cerezos Negros que los yakuzas deben amarse entre sí, o que por lo menos se desean. Un mundo de relaciones y sentimientos complicados el de los yakuzas, marcado por una virilidad extraña o ajena para quienes no los conocen, para quienes interpretan sus códigos con puntos de vista prejuiciosos.

Denigrada y con el dolor de encontrarse sola y ajena en un país completamente extraño y en una de las peores situaciones en que puede encontrarse un ser humano, el que Okajara le cante significa recuperar su humanidad, su condición de mujer.

Aurora está sentada en la mesa principal, como los hombres de confianza del oyabun Okajara. Hay botellas vacías y alguno de ellos está muy tomado. Ella está atenta al escenario un tanto ebria. Su mirada es la de una mujer emocionada. En el escenario, el oyabun Okajara entona una canción de amor. Sus ojos se cruzan. Él la señala y respira profundo. Una sonrisa pequeña se le dibuja en el rostro a Aurora, que no deja de mirarlo. El mundo a su alrededor ha desaparecido. La canción termina. Todos aplauden, menos ella que no deja de verlo emocionada. Entre una erupción de aplausos, él regresa a la mesa y le pregunta:

—¿Te gustó?

—Sí, mucho.

Okajara, ya como un ritual, la toma del rostro y con delicadeza le levanta la mirada hacia él.

—Está bien que me mires.

Aurora asiente sin estar completamente convencida.

—Lo admiro, señor Okajara.

Mientras tanto, mamille Kokone mira de lejos lo que acontece.

Nadie más que Okajara parece escuchar las palabras de Aurora, los únicos yakuzas que pueden sentarse cerca de él mantienen en sus rostros un gesto impenetrable. Alrededor de la mesa, en orden de cercanía al gran oyabun, están primero los guardias y después los yakuzas de menor jerarquía. Quien tiene permitido sentarse cerca del señor Okajara es su segundo al mando, el señor Shujei; está cerca de él por si el jefe quiere conversar o reír, incluso llorar; un territorio de jerarquías y emociones en el que ninguna mujer puede entrar; ellas están ahí como ornamento.

La conducta y cercanía de Aurora con el oyabun en parte son debidas al aleccionamiento de mamille Kokone, quien al enterarse de que el señor Okajara mostraba predilección por ella, le dijo:

—Mira, Aurora, eres nuestra prostituta estrella y si quieres salir un día de aquí, tienes que complacer al yakuza mayor, ¿entendiste? A él le gusta que todas las noches, mientras toma, le estén acariciando la verga y se la pongan muy dura, hasta que se venga. Así que le metes la mano en la bragueta y, al final, saboreas su semen en tu boca. Eso lo volverá loco. El señor Okajara toma mucho y no es fácil que tenga orgasmos. Si consigues que tenga uno, serás su preferida.

—Así lo haré, mamille Kokone. Me he vuelto experta en braguetas.

—Pues más te vale. ¿Entendiste?

A partir de esa noche y recordando la impresión de la primera vez que vio al gran oyabun, Aurora alcoholiza a su cliente mayor con dos propósitos: que quienes informan a la proxeneta le den buenas referencias y proporcionar a Okajara, por la simpatía que le provoca, placer.

Cuando metió la mano por primera vez en su bragueta, el señor Okajara le dijo:

—No es necesario.

Pero ella llegó a tocar la punta de su pene y, poco a poco, lo fue endureciendo con caricias diferentes a las apresuradas que usaba con los demás clientes. Aurora se dejó llevar por lo que sentía por Okajara. Él empezó a sentir que la sangre corría ardientemente por sus venas. Daba tragos a su bebida y ella seguía acariciando pacientemente, hasta que el torrente blanco brotó alcanzando su mano. Entonces el señor Okajara la tomó de los cabellos con fuerza para llevarle la cara a su entrepierna. Siguiendo las instrucciones de Kokone, Aurora lamió el pene y humedeció sus labios con la secreción. Fue el momento en que, sin ser conscientes de ello, estaban firmando un pacto, un pacto de semen.

Un mes y medio después, mamille Kokone llega nerviosa al recibidor. Se detiene y sus ojos se llenan de temor y nerviosismo. El oyabun Okajara está en medio del recibidor. Detrás de él, un par de yakuzas. La proxeneta hace una gran reverencia. Se dirige al cuarto, las chicas están sentadas haciendo diferentes cosas. La puerta se desliza y les dice:

—Salgan todas, necesito hablar con Aurora.

Todas salen de la recámara y se encuentran con el gran oyabun, que no mira a ninguna. Ellas, al verlo de reojo, agachan la mirada de inmediato. Aurora le pregunta:

—¿Todo bien, mamille Kokone?

Kokone la ve muy seria y le dice:

—Empaca tus cosas… has sido comprada.

Aurora, sin entender, repite:

—¿Comprada?

Mamille Kokone la lleva hacia el recibidor y se hace a un lado de la puerta para dar paso al oyabun Okajara. Aurora, al verlo, abre la voca del impacto. No tiene gesto alguno porque no sabe qué hacer. Okajara se para frente a ella y le dice:

—¿Aurora? Quiero que seas mía. Empaca todo, te vienes conmigo. Hoy te compré y eres mía, Aurora *san*.

El *san* en japonés es sinónimo de respeto y de un cariño especial.

Mamille Kokone, antes de despedirse, le dice en voz baja al oyabun:

—Mi señor, es necesario que sepa algo de su compra: ella… viene con equipaje.

—¿A qué se refiere con equipaje, Kokone?

—Aurora es buscada por teléfono. Lo hemos aceptado para no generar sospechas. Es necesario que siga así.

—¡Arreglaré eso!

Fuera de la habitación de mamille Kokone aguarda Hikoru, quien al escuchar la conversación, se llena de coraje, odio y tristeza. Una rabia que no puede controlar se expresa por sus ojos, mientras truena sus dientes al saberse despojado de su Aurora. Llorando de rabia repite:

—Es sólo una prostituta… Es sólo una prostituta…

Cuando mamille Kokone tiene a Aurora enfrente, logra escuchar a Hikoru. La mira y esboza una sonrisa casi imperceptible. Aurora la nota y, con una sonrisa igual de pequeña, asiente y sale detrás de su nuevo amo, el señor Okajara. Mamille Kokone ha obtenido un buen pago por

Aurora, el mejor, pues se trata de una transacción con el señor Okajara. En esas condiciones, cualquier trato es ganancia.

Aurora admira el paisaje y los árboles que cruzan el camino casi recargada en el vidrio. Deja de mirar el paisaje y gira su mirada a Okajara. Van a su casa de campo, herencia de sus ancestros de linaje samurái. El viaje supone para ella la experiencia de sentirse una pertenencia de un señor poderoso, pero, aun así, no es peor que el traslado terrible que sufrió el día de su llegada a Japón.

La casa es un lugar enorme. El frente del lugar es un espacio bellamente adornado, que ofrece una presentación majestuosa a la casa tradicional japonesa. El coche se detiene. Okajara entra al recibidor de su casa y detrás de él, Aurora. El recibidor es muy amplio, con pisos de madera pulidos y con puertas alrededor adornadas con papel de arroz. Los dos dejan su calzado en la entrada, como de costumbre. Frente a ellos hay tres empleados muy ancianos —*obachan*, como se les llama— que se inclinan hasta formar una escuadra para darles la bienvenida. Okajara dice:

—Aurora, tienes que llamar a tu familia y a tu novio para avisarles que te cambiaste de lugar. Pero tienen que saber que no te pueden llamar todo el tiempo. ¿Entendido?

—Sí, señor.

Okajara les dice a los ancianos:

—Llévenla a que llame por teléfono y luego báñenla con especias. Se quedará a vivir aquí. Deberán tratarla con respeto. ¿Comprenden? —Los ancianos, con sus manos escondidas entre sus mangas, asienten. Okajara mira a Aurora y regresa su mirada a los ancianos—. Cuando terminen, irán al jardín de los cerezos, allí estaré esperándola; ustedes prepararán el *chanoyu*.

Aurora llora por dentro. Se pregunta qué es lo que está pasando. ¿Qué es ella para su nuevo dueño? ¿Cuál será su destino ahí, presa ahora en una residencia señorial? Ella, a quien han alejado de su condición humana, ella, que se siente basura, amante de un hombre poderoso.

El oyabun sale sin mirar a Aurora. Los ancianos se acercan a ella con pasos cortos y a base de amabilidades la comienzan a llevar frente al teléfono. Ella mira el aparato dudando un instante en llamar. Acerca su mano y toma el auricular, comenzándolo a descolgar...

En una gran tina de madera con agua caliente, llena de especias aromáticas, Aurora es tallada por los tres ancianos, que sostienen con ambas manos largos palos con una esponja al final. Uno de ellos le talla el cabello, el otro la espalda y un tercero le pone más agua caliente a la tina, que desprende un vapor con aromas florales increíbles. Es la primera vez que ella se siente en armonía.

Mientras estamos en este mundo
por encima del infierno
¡Podemos contemplar las flores!

Yosa Buson (1716-1783)

Desde el primer momento en que Okajara conoció a Aurora, algo en su actitud sufrió un cambio, tan íntimo que sus propios yakuzas no lo notaron. Incluso su orden: "Quiero que seas mía", adquirió un tono diferente al que acostumbraba utilizar al exigir algo. Y eso mismo es lo que sucede cuando Aurora llega al jardín de los cerezos.

Con un kimono azul marino muy simple, pero elegante, Aurora san, con la mirada baja, desciende lentamente las escaleras de la estancia principal de la gran casa. Presta atención a lo que al principio le parece un susurro; después se da cuenta de que la voz y las palabras del señor Okajara la van guiando por los corredores hasta el jardín de los cerezos.

—Ven, Aurora san, toma mi mano. —Ella lo hace y él se inclina para descalzarla. Los dos descalzos caminan por una vereda del jardín—. Éste es un jardín zen. Todas las mañanas camino en él, medito y con mi cuerpo hago diferentes formas cósmicas para poner en silencio mi mente y no morir de tristeza. Cuando haces círculos en la arena entras en comunión con el Absoluto; cuando lo que dibujas son rayas, la comunión es con lo terreno, se busca la posibilidad de trascenderlo. Si llegas a la perfección, como los monjes, podrás hacer la espiral perfecta, pero eso es casi imposible.

De pronto, el milagro se produce. Mientras caminan, Aurora ve frente a ella una gran cantidad de cerezos rosas que se exhiben con la belleza más espectacular de sus flores. Con un gesto, Okajara le invita a entrar en ese bosque de árboles blancos y le toma la mano, tan cálidamente que Aurora no lo nota. Ella sólo cree ver a Dios presente en ese momento, mientras la tarde revienta en luz sobre los cerezos. Una pequeña ráfaga aparece y son bañados por cientos de flores rosadas; es un sacrificio amoroso a la vida para la pareja que en ese momento sólo son un hombre y una mujer que empiezan a conocerse. El señor Okajara se inclina hacia ella y la toma de la barbilla para darle un beso; muy diferente a los besos del bar, a los besos de alcohol, a los besos con que se disfruta y denigra a las prostitutas. Muy muy diferente.

Sus dos mundos chocan y, sorprendidos, se funden y se entregan. Es cuando todo sucede.

Al regresar a casa el chanoyu, la ceremonia del té, está preparado.

—Aurora san, hoy aprenderás lo que hacemos los japoneses para conseguir el momento más perfecto de la belleza, que reside en la sencillez y la simplicidad. El auténtico espíritu del chanoyu se puede comprender como calma, naturalidad o gracia. Es la belleza contenida en la austeridad, la simplicidad y en la refinada pobreza.

El señor Okajara ha cambiado su inmaculado traje blanco por un kimono de seda verde pálido, liso, el color emblemático de su familia; lleva también los tradicionales *tabi*, los calcetines blancos.

Los sirvientes tocan cinco veces un gong de metal.

Aurora y Okajara se sientan uno frente al otro ante una pequeña mesa en cuyo centro hay un hornillo, la tetera, el recipiente del té, el agitador y el cucharón para servir, estos dos últimos de bambú.

—Estos utensilios son de cuatro generaciones atrás, Aurora san. Hoy es la segunda ocasión en mi vida que los uso.

—Gracias, señor Okajara —le dice Aurora, que observa las manos del hombre mientras él, solemne y delicado, prepara el té. Okajara imagina que con cada movimiento y gesto que acompaña la ceremonia, la está seduciendo. Aurora siente que algo emerge desde su interior que la atrae irresistiblemente a la personalidad y porte de su señor.

—Aurora, el té se toma con la mano izquierda y con la derecha le das dos pequeñas vueltas a la taza muy despacio; después tenemos que hacer una pequeña reverencia a nuestros ancestros.

Se ven a los ojos y en ellos los dos encuentran un consuelo. Una pequeña o gran ilusión. O quizá algo parecido al amor.

En un estado de confusión por lo que siente, Aurora entrega su primera noche de amor al señor Okajara. ¿Por qué si pudo violarla desde el día en que la conoció en el bar se dedicó a seducirla con atenciones, a ella, que desde que llegó a Japón ha sido vejada de todas las maneras imaginables hasta padecer la humillación máxima, ser orinada por quien por una noche se sintió su dueño? Quizá él se sentía culpable de que ella fuera una más en la nómina de sus negocios… ¿Cómo fue a enamorarse, si es que eso que le demostraba era amor, de una mujer que a fuerza de ocultar sus sentimientos, de acallar los gritos de su alma para sobrevivir, casi se había convertido en un monstruo, una máquina insensible de sexo, dispuesta a satisfacer los deseos de los clientes?

Ahí, en el tatami, rodeados de velas, dos almas agotadas están abriendo sus brazos al amor. Ahí, el señor Okajara solamente es el amante; ahí, la anónima vendida a la mafia japonesa solamente es la mujer.

—Te deseo hasta el dolor, Aurora san. Quiero conocer las profundidades de tu ser. —Él, con cuidado, toma el pedazo de tela que le cubre el hombro y se lo va quitando lentamente, hasta desnudarla. Le toma su barbilla delicadamente, levantándole el rostro, mientras le pasa la mano en la cintura, haciendo que ella vaya cayendo lentamente sobre el tatami—. Quiero ser el primer hombre de tu vida que pueda enamorar tu alma y tocar tu corazón.

Mientras le dice esto, la penetra como en una ceremonia, con respeto y admiración.

A ella solamente le escurren las lágrimas. Okajara repite: "Quiero que seas mía", pero lo hace como un hombre que permite entrar el amor en su corazón.

Aurora amanece de golpe sobre el tatami. Observa el lugar y a su lado, sobre el cojín, descansa una flor de cerezo rosa; sonríe y se la coloca en la oreja.

A partir de ese día, Aurora recibe de él otra educación, la de la etiqueta y la estética espiritual del Japón. Aprende con Okajara los secretos de la ceremonia del té, le muestra el arte del *ikebana* o adorno floral, le enseña a vestirse con los hermosos kimonos de seda estampados con los motivos más hermosos. Pero, al mismo tiempo, Okajara busca llegar también al alma de Aurora a través de fajos de billetes y de innumerables regalos...

Ha pasado una semana desde que llegaron a la residencia y el señor Okajara debe salir urgentemente por algunos días. Deja a Aurora san bajo el cuidado de los sirvientes. Esa noche, sin poder dormir, pensando en su nueva situación, con la incertidumbre sobre el sentimiento que empieza a aparecer en ella respecto al señor Okajara, Aurora escucha un llanto tenue que parece provenir de algún lugar de la residencia donde tiene prohibido siquiera asomarse. Descalza y al pendiente de que los sirvientes no la descubran, Aurora se dirige al ala izquierda de la residencia. El llanto se hace más claro. Corre una de las puertas, es una habitación; en ella descubre que quien llora es una niña que al verla, calla. Esa noche, con su escaso japonés, Aurora se entera de que la niña es Ayano, hija del señor Okajara.

Es una pequeña de siete años. Tiene grandes ojos rasgados, un corte de pelo que le llega a los hombros y un flequillo muy simpático. Sus labios y sus mejillas tienen un rosa tan perfecto que la hacen ser la niña más hermosa. Ayano, a quien por su seguridad Okajara mantiene aislada y solitaria, mira con azoro a Aurora. Es la primera vez que ve frente a ella a una occidental.

Con señas y con su escaso japonés aprendido, Aurora trata de explicar que es amiga de su padre y que está hospedada en la casa.

—Ven, pequeña, ¿por qué lloras? Me llamo Aurora.

La niña se acerca a ella para abrazarla y deja que su llanto continúe. Experimentan una unión cuya transparencia sólo los niños son capaces de lograr. A partir de ese momento se ven a diario. Una enorme necesidad de estar juntas las une; no conocen el motivo, pero es lo menos importante. Una amistad sin condiciones, un cariño que el celo de los sirvientes, al darse cuenta de que ambas han traspasado los límites impuestos por Okajara, no se atreve a separar. Son maestras y alumnas una de la otra: una le enseña el español y la otra le mejora el japonés. Se acompañan, ríen; se empiezan a amar.

Aurora y Ayano están sentadas en posicion de flor de loto una frente a la otra, chocan sus manos y aplauden; Aurora le pregunta:

—¿Cómo se dice "adiós", *jane?*

—No, Aurora san, no se dice así. Se dice *saiyãnara*. *Jãne* es "hasta luego". *Konbanwa* es "buenas noches". *Konnichiwa* es "buenos días".

Aurora siente tanta ternura que sonríe y le da gracias a Dios de que después de estar en el infierno ahora pueda ver a este ángel hablándole. La relación de las dos se convierte en amistad, complicidad y compañía. Se divierten mucho. Juegan, cantan, caminan y hasta cocinan juntas. Siempre juntas.

El señor Okajara regresa después de estar ausente casi dos meses. Al llegar, encuentra una escena que jamás pensó ver. Aurora san y su pequeña Ayano están recostadas a la sombra de un gran árbol, compartiendo una naranja y leyendo un cuento japonés:

Lejos, muy lejos, en un país extraño, había una profunda caverna donde vivía un dragón, cuyos ojos centelleaban como tizones ardientes.

Las gentes del entorno estaban asustadas y todos esperaban que alguien fuera capaz de matarlo. Las madres temblaban cuando oían hablar de él, y los niños lloraban en silencio, por miedo a que el dragón les oyese.

Pero había un niño que no tenía miedo:

—Taro, ¿a quién debo invitar a la fiesta de tu cumpleaños?

—Mamá, quiero que invites al dragón.

—¿Bromeas? —dijo la madre.

—No, quiero que invites al dragón —repitió el niño.

La madre movió la cabeza desolada. ¡Qué ideas tan extrañas tenía su niño! ¡No era posible!

Pero el día de su cumpleaños, Tarã desapareció de casa. Caminó por los montes, atravesando torrentes y bosques, hasta que llegó a la montaña donde vivía el dragón.

—¡Señor dragón! ¡Señor dragón! —gritó con voz vibrante.

—¿Qué pasa? ¿Quién me llama? —rugió el dragón, sacando la cabeza fuera de su enorme caverna.

—Hoy es mi cumpleaños y mi madre preparará un montón de dulces —gritaba el niño—. He venido para invitarte.

El dragón no podía creer lo que oía y miraba al niño gruñendo con voz cavernosa. Pero Taro no tenía miedo y continuaba gritando:

—¡Señor dragón! ¿Vienes a mi fiesta de cumpleaños?

Cuando el dragón entendió que el niño hablaba en serio, se conmovió y empezó a pensar: "Todos me odian y me temen. Nadie me ha invitado nunca a una fiesta de cumpleaños. Nadie me quiere. ¡Qué bueno es este niño!".

Y mientras pensaba esto, las lágrimas comenzaron a descolgarse de sus ojos. Primero unas pocas, después tantas y tantas que se convirtieron en un río que descendía por el valle.

—Ven, móntate en mi grupa —dijo el dragón sollozando—, te llevaré a tu casa.

El niño vio salir al dragón de la madriguera. Era un reptil bonito, con sutiles escamas coloradas, sinuoso como una serpiente, pero con patas muy robustas.

Taro montó sobre la espalda del feroz animal y el dragón comenzó a nadar en el río de sus lágrimas. Y mientras nadaba, por una extraña magia, el cuerpo del animal cambió de forma y medida y el niño llegó felizmente a su casa conduciendo una barca con adornos muy bonitos y forma de dragón.

Qué linda historia le acaba de contar Ayano a Aurora, a quien se abraza del cuello y le llena de besos la cara.

Al ver la escena, el señor Okajara dice:

—¿Qué pasa aquí? —Su pregunta delata un tono de enojo, una ira que parece crecer—. Aurora san, ¿no tenías prohibido acercarte al ala izquierda de la casa?

—¡Papá, papito! —Ayano corre a los brazos fuertes de su padre—. ¿Dónde has estado? Aurora san y yo nos queremos. No te enojes. Por favor, papá, no te la lleves. Ella es mi mejor amiga, yo le enseñé japonés. Y ya sé canciones en español.

El señor Okajara mira a Aurora; no puede caber el enojo ante la contemplación de esa hermosa mujer a quien el viento mece sus largos cabellos.

¡El sonido que hizo
la camelia al caer
sobre el tatami…!

Masaoka Shiki (1867-1902)

El señor Okajara tiene un gran problema. Es alcohólico y su necesidad por el licor es ya tan grande que llega a consumir diariamente una botella de whisky y en ocasiones hasta dos. Además, es adicto a la cocaína. Esto lo ha sabido Aurora por la intimidad que tienen en la casa de campo. Obligada por él, o porque la desgracia en la que vive la lleva a ello, a pesar del aparente bienestar que goza ahora, Aurora comienza a beber con Okajara.

En la noche Aurora tiene los ojos abiertos. Fuera de la habitación, en la estancia principal, se escucha a Okajara gritar y romper cosas. La puerta de la recámara se abre y es Ayano, quien se acerca a Aurora y le dice:

—Tengo miedo.

— Yo también.

Okajara sigue gritando y rompiendo cosas:

—¡Maldita perra!

Al escuchar esto, Aurora abraza a Ayano con fuerza.

Las cosas que se rompen y los gritos comienzan a subir en intensidad. Se escucha a Okajara completamente ebrio. La voz aterradora llega hasta fuera de la recámara. La puerta se desliza y Okajara entra completamente borracho, con una botella en la mano casi vacía. Aurora se para frente a él mientras Ayano se va a una esquina y se agazapa con mucho miedo. Aurora le dice:

—Mi señor...

Él le responde dándole un empujón que la tira al suelo:

—Tienes un olor dulce que me enferma. —Cuando Aurora cae, él le da una patada en la espalda y empieza a reír como loco—. ¿Qué te crees, puta, que me vas a controlar? Mis yakuzas dicen que eres mi veneno... Yo, el gran Okajara, no tengo ningún veneno que me controle. ¿Oyes, perra? Ningún veneno. —Okajara la toma del pelo, la levanta brutalmente y la arrastra hasta la puerta—. Largo de aquí, hoy dormirás fuera de mi cuarto. —Y la avienta al pasillo—. ¿Me oyes? Fuera de mi cuarto...

Okajara ríe y gira, dándose cuenta de que Ayano está allí. Le dice:

—¿Y tú qué, putita? Lárgate antes de que te golpee también.

Ayano sale corriendo hasta el pasillo y abraza a Aurora, que está llorando en el suelo. Sólo se escucha:

—¡Perras! ¡Malditas perras!

Al día siguiente, Okajara abre los ojos. Está semidesnudo con la botella en la mano. El cuarto es un desastre. Levanta la cabeza para reconocer dónde está, se incorpora, le duele mucho la cabeza y es cuando se da cuenta de lo que ha hecho. Sufre una gran resaca, que siempre alivia con un vaso de whisky y una línea de cocaína. Va en busca de Aurora.

Aurora está sentada frente a la mesa del comedor. Está triste y adolorida. Sostiene una taza de té con las dos manos. Okajara entra despacio al comedor, sintiendo una gran vergüenza de lo que ha hecho. Mira a Aurora, quien no le regresa la mirada.

—Aurora, perdóname. Hay veces que no puedo controlar la ira que tengo encerrada en el alma. No quería maltratarte… Eres el amor de mi vida y estoy dispuesto a reparar el daño.

La toma de la mano y la lleva por primera vez a su santuario, en donde hay un enorme Buda de cuatro metros. El altar está lleno de velas, ofrendas de arroz, de frutas, de inciensos y grandes fotografías, algunas muy antiguas, otras recientes de hombres y mujeres vestidos con hermosos kimonos. El Buda está casi cubierto por incontables cantidades de yenes. Okajara se acerca al Buda, toma puñados de billetes y comienza a bañar con ellos a Aurora.

—Esto es tuyo.

—No, señor Okajara, no me dé dinero. Yo lo amo de verdad.

—Yo te amo, Aurora san. No puedo vivir sin ti. Tú me has devuelto la vida. Quiero ver el atardecer contigo, quiero tenerte en mis brazos, quiero hacerte el amor todo el día… ¿Sabes? Ya no quiero matar.

Aurora, rodeada de dinero, le dice:

—Señor, mi señor Okajara. Me ha devuelto a la vida. Yo estaba muerta y me ha hecho renacer.

Aurora se levanta y los billetes caen al piso. Abraza al señor Okajara. Se funden frente al Buda en un nudo amoroso entre el humo del incienso y el silencio que rodea el santuario.

A partir de ese momento, todos los días el poderoso yakuza la colma de dinero y besos. Pero también, intoxicado, la hace objeto de grandes humillaciones y largos periodos de ausencia.

Okajara, Ayano y Aurora están sentados en el tatami tomando el té. Él dice:

—Aurora, viene gente muy importante y les ofreceré una cena. Esta cena es muy especial. —Se voltea hacia Ayano—. Ayano, necesito hablar con Aurora san a solas.

Ayano hace una reverencia y sale.

—En esta cena tú serás parte de nuestra comida. Ordené traer al chef de sushi más importante de Japón y todo tiene que ser perfecto. Tu maestra está en el cuarto de baño y te espera. Es la maestra Asuka. Ve con ella y sé obediente.

—Señor Okajara, ¿cómo seré parte de la comida?

Okajara la mira de tal forma que, sin decir más, Aurora se apresura a salir.

La maestra Asuka la saluda haciendo una pequeña reverencia:

—Lo primero que tenemos que hacer es darte un gran baño con estas hierbas aromatizantes. Sólo escúchame y sigue mis indicaciones. Este ritual es desconocido para ti, pero para nosotros es lo más delicado y selecto de nuestra cultura. No debes tener ningún vello en el cuerpo. Es por eso que te tengo que depilar toda.

Después de desnudarse, Aurora se toca el pubis y le dice:

—No me va a depilar aquí, ¿verdad?

—¡Por supuesto que sí, es lo más importante del evento! En esa parte va el wasabi.

—¿En esta parte?

—No me dijeron que eras tan preguntona. ¡Calla y escucha!

Aurora entra a la tina. La maestra Asuka la baña y la sumerge completamente. Le echa agua en el cuerpo y la talla con un paño. Aurora sale de la tina y se coloca frente a la maestra, que carga una mesita de madera con varios ungüentos, cremas, pinturas, paños y brochas. La mira de pies a cabeza y exhala viendo que es mucho trabajo lo que tiene que hacer. Mientras la depila con unas cremas abundantes, Asuka le explica que será el gran platón donde se servirá la comida y que no podrá moverse por ningún motivo. Si lo llega a hacer, tendrá el más grande castigo de los jefes.

—Ellos no perdonan ningún error —le dice Asuka—, así que te enseñaré a respirar. Primero, inhalas muy despacio el aire, muy muy despacio. Después, lo exhalas con toda la tranquilidad y dulzura que puedas. Mientras más dulzura, la comida se hará más refinada. Al contacto de tu cuerpo, se producirá una química perfecta y es cuando todo se transforma en el mejor de los manjares.

Después de no dejar en Aurora vello alguno, Asuka la frota con un aceite especial totalmente comestible, llamado *bintsuke-abura*, para suavizar la piel del cuerpo, de la cara y del cuello. Luego la cubre con una bata de seda roja y la maquilla tradicionalmente aplicándole con un pincel una base blanca hecha de polvo de arroz por toda la cara y el cuello, dejando dos líneas sin pintar en la nuca. Le perfila las cejas y los párpados. La maestra Asuka lo hace con mucho cuidado y gran precisión. También la peina usando postizos, como una gran geisha. Adorna el peinado con bellos crisantemos y, por último, le pinta la boca de un rojo carmesí muy fuerte. Se ve tan hermosa que la propia Asuka queda sorprendida y satisfecha.

—Vas a entrar en silencio al comedor. No puedes mirar a nadie, ni siquiera al gran oyabun. Irás envuelta en esta bata roja y, al llegar a la mesa, te la vas a quitar; te recostarás en la cama que hay sobre la mesa. Recuerda, pase lo que pase, no puedes moverte. Así que ahora ve al baño porque estarás muchas horas en la misma posición. ¿Has entendido?

—Sí, maestra Asuka —dice Aurora, tratando de controlar la respiración que quiere desbocarse por el miedo.

Aurora es conducida por una sirvienta a la estancia principal de la casa. Se abren las puertas de papel de arroz para darle paso. Dentro del comedor, hay varias personas con gran porte. Todos visten *haori* y *hakama* de distintos colores que representan su poder. Están platicando y riendo de pie, lejos de la gran mesa.

Al verla entrar, las conversaciones cesan y se escuchan unas discretas exclamaciones de aceptación. El señor Okajara la ve y se siente inmensamente orgulloso de saber que esa mujer es suya.

Para equilibrar la fastuosidad del recinto, la música de instrumentos orientales proporciona un fondo sutil y exquisito. Al lado de la mesa donde Aurora comienza a recostarse, está el más afamado sensei de sushi de Japón; junto a él, una mesa con todo lo necesario para preparar los platillos; lo acompañan tres ayudantes hábiles en hacer cortes perfectos.

Desnuda, Aurora ha terminado de acostarse; el chef, discretamente, la mira con malicia. Empieza a poner sobre el cuerpo desnudo delicados y exóticos bocadillos de sushi: de salmón, toro, hueva de salmón, atún, anguila, y una gran variedad de pescados, entre los que destaca el platillo más delicado y peligroso de la gastronomía japonesa: el pez globo. Solo los chefs más experimentados se atreven a confeccionar platillos con el *takifugu*, como se conoce en japonés, ya que si no se limpia y prepara adecuadamente, se corre el riesgo de dejar vestigios de las pequeñas y casi imperceptibles vejigas que rodean parte de los órganos y la piel de este pez, las cuales contienen una neurotoxina tan poderosa que causa la muerte en minutos a quien la ingiera. La presencia de esta delicadeza culinaria es un mudo testimonio de lo especial y trascendente de esta cena.

El cuerpo de Aurora se ve cubierto de pronto de una gran variedad de colores. Para finalizar su obra de arte, el chef le pone el wasabi en los pezones y en su ahora imberbe monte de Venus. Aurora se siente humillada: completamente desnuda, no es siquiera objeto de placer; es una mesa, una bandeja; ante los yakuza, Aurora cree que es nadie.

Al sonido del gong, los asistentes empiezan a rodear la gran mesa, donde está Aurora esperando a que los invitados empiecen su festín con los ojos, con la boca, con los palillos, con todo lo que tienen a su disposición para su lujurioso banquete. Todos elogian al gran oyabun y ríen a carcajadas para demostrar su placer.

El banquete se da en el marco de la gran reunión de los oyabunes de las distintas provincias, incluyendo hasta las regiones más distantes. Van a hacer las paces entre quienes lo necesiten y a repartir territorios. Pero antes, están satisfechos con la cena y con la docilidad de la mujer occidental.

A medida que el whisky y el sake hacen efecto, los instintos comienzan a aflorar. Los hombres mayores empiezan a tomar el wasabi sin mayor delicadeza de los pezones y el pubis de Aurora. Así, comen, ríen y se dan tiempo para tocar, ya sin disimulo, las partes íntimas de la mujer. Ella solamente contiene las lágrimas y la respiración…

De pronto, el gran jefe oyabun de la región de Tãhoku, al norte de Honshõ, el señor Asahi, le dice al oyabun Okajara:

—Oyabun Okajara, si realmente quieres que tengamos paz y que podamos interactuar en nuestros negocios, te voy a pedir que me des una muestra de lo verdaderamente dispuesto que estás.

—Oyabun Asahi, solamente tienes que pedirlo.

El oyabun Asahi toma con dos dedos wasabi del pezón de Aurora y se lo lleva a la boca sin dejar de ver al oyabun Okajara.

—Quiero a esa chica que tienes en la mesa. Quiero que me prestes una habitación antes de irme. Y así toda tu exquisita cena tendrá un excelente postre. Esa muchacha ¿cómo se llama?, ¿de dónde es?

El señor Okajara siente que la sangre le hierve y su corazón se exalta. Pero sabe muy bien que el oyabun Asahi lo está poniendo a prueba delante de todos los demás oyabunes.

—De México. Se llama Aurora. Y por supuesto es mi mejor regalo para ti. Espero que con esta muestra de amistad empecemos a tener unión.

—Gracias, oyabun Okajara. Siempre recordaré esta magnífica reunión.

Okajara da las órdenes de bajar de la mesa a Aurora para ser conducida a una de las habitaciones reservadas a los invitados. Cuando se la llevan, Aurora solamente se le queda mirando a su señor.

Al llegar a la habitación, el oyabun Asahi la desnuda y la avienta como un fardo al tatami que está decorado con pétalos de crisantemo amarillo, como los que adornan su cabello. Sin preámbulos, el señor Asahi le abre las piernas y la penetra por escasos minutos. La exótica mujer que se encuentra debajo de él no le interesa, solamente la utiliza para saberse poderoso.

Al terminar, ya muy borracho y antes de empezar a roncar, Asahi le dice a Aurora:

—Ya vete. Y dale las gracias a tu señor.

Sin ninguna lágrima, Aurora sale, viendo de reojo el cuerpo desnudo, obeso y lleno de tatuajes de ese ser, que expele un nauseabundo hedor y emitía un escandaloso ruido.

"Creo", piensa, "que este es el oyabun de la región donde está Verónica". "¿Verónica, dónde estás?".

Luna de nieve
que colorea de azul
la tiniebla nocturna.

Kawabata Basha (1900-1940)

Cada día que pasa, Verónica se vuelve más indispensable para mamille Yua. Debido a su deteriorado estado de salud, la proxeneta solamente sale de su casa a atender asuntos cuando las cosas no marchan bien. Verónica aprovecha esta circunstancia para ir penetrando lentamente, como la humedad, en la confianza de mamille Yua, quien una tarde la llama a su presencia. Convidada a sentarse frente a la anciana Yua, ésta le dice:

—Nunca pensé que de mis labios salieran las palabras que voy a pronunciar. Has sido la mejor de mis pupilas en muchos años. Y mira que he estado en este negocio más de treinta y ante mí han desfilado las prostitutas más sofisticadas y viciosas que puedas conocer. Los doctores no me dan esperanza alguna y me han informado que tengo poco tiempo de vida. Es por eso que hoy, viéndote a los ojos, te quiero decir que estoy pensando muy seriamente en dejarte mi lugar.

Verónica siente un calor que invade su cuerpo; le empieza a faltar la respiración. ¿Cómo es posible que ella, la secuestrada, la golpeada, esté escuchando esto? Quedarse con el cargo de mamille Yua es algo que ha soñado desde el momento en que decidió no ser una víctima más de todos ellos, cuando decidió que de todas sus desventuras iba a sacar provecho, a convertirlo en una forma personal de venganza.

—Pero, mamille Yua…

—¡Calla y escucha!, que no tengo mucho tiempo ni aire. —Dándole una calada a su cigarrillo, prosigue—: Con tu excelente trabajo has liquidado tu deuda. Ganas como nunca imaginaste hacerlo. Antes de proseguir quiero saber si estás dispuesta a convertirte en mamille y tomar el control de las tres casas que regento. Te voy a hacer tres preguntas, las mismas que me hicieron a mí hace ya muchos años. Conforme a tus respuestas, tu destino en esta casa y nuestra relación están en tus manos. Verónica, ¿deseas ser una mamille? Verónica, ¿deseas ser parte de la familia? Verónica ¿deseas trabajar para la yakuza?

Esas palabras entran en su cabeza como un huracán, tan fuerte que no puede contestar de inmediato. Cientos de ideas se arremolinan en su mente, una ambición que crece, un rencor que va a encontrar sus sujetos para cobrar en ellos su precio. Sólo alcanza a decir:

—¿Me está proponiendo que tomé su lugar? Pero soy extranjera. ¿Cómo puedo trabajar con la familia siendo mexicana?

—Ya te dije, depende de tu respuesta.

En el interior de Verónica se desata una tormenta: "¿Qué me espera en México? ¿Qué futuro tengo? No, no, mi futuro está aquí. Es hora de recuperar todo lo que estos infelices me han quitado. El tiempo de mi venganza ha llegado".

—Mamille Yua, ¡sí quiero ser mamille! ¡Sí quiero ser parte de la familia! ¡Y sí, sí quiero trabajar para la yakuza!

Después de pronunciar estas palabras, extrañamente siente una ligereza inexplicable en el cuerpo.

—Bien —contesta mamille Yua—. Lo primero que quería saber era si estabas dispuesta. Ahora tengo que pedir la autorización del gran oyabun. Sobre el que eres extranjera, olvídalo. Cuando recibas el permiso y el grado de mamille podrás ir a tu país cada seis meses. ¿No te parece maravilloso? Estarás libre, ganarás dinero y tendrás un poder que nunca habías pensado.

La proxeneta empieza a toser de una manera incontrolable y, al sacar su pañuelo, apenas alcanza a detener la sangre que sale de su boca.

—Anda, ayúdame, tengo que recostarme. Mientras tanto, quiero que vayas a las tres casas y me des un reporte de cada una. Está prohibido que hables de nuestra conversación hasta que tengamos la confirmación del gran jefe yakuza. ¿Entendiste?

—Sí, y se lo agradezco. Nunca traicionaré su confianza. ¡Gracias, muchas gracias, mamille Yua!

Al salir, Verónica aún no puede creer en su buena suerte. Ya no será una prostituta. Ahora será la gran mamille. "¿Qué nombre me pondrán?", se pregunta. Y con una gran sonrisa se dirige a la primera casa, La Casa Blanca.

En esa casa se encuentran atrapadas, secuestradas, robadas, como quiera llamarse a la vejación más terrible que se le puede hacer a una persona, las chicas filipinas, las coreanas y alguna china. Una casa de orientales; en total diez muchachas. Siempre que iba con mamille Yua, Verónica guardaba silencio y observaba los movimientos, que no le eran ajenos. Fue ahí donde aprendió a dar órdenes, mirando, aprendiendo a llevar las cuentas, a pagar la cuota a la yakuza, a calcular los gastos de alimentación y demás. Supo cómo infligir miedo en sus compañeras. Todo lo que va a servirle en este futuro, donde ya se ve poderosa.

Luego se dirige a La Casa Roja, que es donde se encuentran todas las latinas: las brasileñas, las colombianas, las venezolanas y las mexicanas. En esa casa se ganó la confianza de mamille Yua. En esa casa se enamoró de Edward. En esa casa acabó de perder el alma y convertirse en una cínica.

También va al Bar Rojo, donde, por orden de la proxeneta, tiene que revisar las cuentas. Verónica entra, ya no vestida como una prostituta del bar, sino elegante. Angela, su amiga brasileña, al verla se acerca a toda prisa.

—Verónica, llevas meses en que solamente te vemos entrar y salir al lado de Yua. ¿Estás bien? ¿Te tienen trabajando en otro bar?

—No. Yua me trae como su perro faldero. Está muy enferma y quiere que la acompañe a todos lados. Tú ¿cómo estás?

—¿Cómo quieres que esté, con estos miserables y en este maldito lugar? Me dicen que mi nueva cuenta no está saldada y ya llevo ocho meses trabajando y trabajando y no salgo de aquí.

—No te preocupes, quizá nuestra suerte cambie... Ten confianza, todo puede cambiar. Por ahora, solamente me mandan a ver las cuentas y saber cómo están todas. Tengo que irme, sólo tú sabes que estoy viviendo en casa de mamille Yua y que me toca cuidarla y ver sus asuntos. Pronto regresaré a buscarte. Oye, ¿has oído algo de otra mexicana? Se llama Aurora.

Angela niega con la cabeza. Verónica asiente, la mira un segundo y sin decir nada sale.

Verónica se dirige a la tercera casa, La Casa Verde. La casa que más la angustia. Bueno, viéndola con nuevos ojos, la casa que le angustiaba. Ya nada de ese mundo puede alterarla. Una mamille no tiene que sentir pena por nadie. Las proxenetas están curadas del dolor ajeno. Entra a la casa y los chinpiras se le acercan y hacen una reverencia. Con autoridad y gran seriedad pregunta:

—¿Cuántos ancianos hay en la casa hoy?

—Tres, mamille.

—De acuerdo, entonces tendremos una noche larga. Quiero que el té esté listo a las siete de la noche y que las muchachas se recluyan en sus habitaciones ahora mismo. Es el momento de que les pongan sus inyecciones. A usted lo necesito alerta todo el tiempo. ¿Me entendió? ¿Cuál es su nombre?

—Yato. Tengo órdenes de obedecerla. Y sí, señora, entendí todas sus indicaciones.

—Está bien, Yato, te puedes retirar —le dice con profunda frialdad.

Verónica se acerca a una mesita donde hay una caja de madera. La abre y saca tres inyecciones llenas de un líquido verdoso, el cual nunca sabrá de qué está hecho. Ya tiene dos inyecciones vacías en la mano y una llena. Entra en la habitación de una de las jóvenes vírgenes y le dice a la muchacha que se acueste para inyectarla. La joven le toma las manos y empieza a implorar:

—¡Por favor, ayúdame! Me he sentido muy mal. Esas inyecciones me están lastimando los riñones. Ya estoy orinando sangre. Ayúdame, quiero salir de aquí. Tú eres como yo. Nos están usando a costa de nuestra salud. ¡Ayúdame a salir, por favor!

Sus lágrimas bañan las manos de Verónica y ella las retira con repugnancia. Su espíritu le grita que ayude a la muchacha, pero su mente la controla. Con un empujón, aleja a la joven y le dice:

—Es la última vez que te digo que te acuestes. ¡Si no me obedeces, te castigaré!

Haciendo a un lado la amargura, inyecta a la joven. "¿Con qué atrevimiento me dice que soy como ella?", piensa. Y mientras el líquido entra en esa niña, así se va destilando en ella el odio a todo lo que significa ese mundo.

Cansada, pero a la vez con mucha fuerza, Verónica actúa esa primera noche como mamille sin nombramiento.

¡Un tronco que flota
a la deriva y en él
insectos que cantan!

Matsu Basho (1644-1694)

Mamille Yua habla por teléfono con el gran jefe oyabun de Tohoku, al norte de Honsho, el señor Asahi. Después de pasar por los filtros de rigor disfrazados en la voz de señoritas de tono amable y de identificarse, la comunican con el gran señor.

—Sensei Asahi. Disculpe que le llame, sé que únicamente puedo hacerlo en casos muy urgentes. Y éste es el caso. Me encuentro muy mal de salud y ya no podré seguir trabajando con nuestra familia. Mi cuerpo está muy deteriorado; le hablo para que me permita ceder mi jerarquía a una de mis mejores pupilas. El inconveniente es que ella es extranjera. Pero por sus propios méritos es la indicada para manejar las tres casas. Es estupenda para dirigir, además de que es muy buena para la contabilidad y la administración. Conoce el negocio como si hubiera nacido para él. Cuando le pregunté si quería quedarse con

185

el puesto, inmediatamente contestó que sí. No lo molestaría si no estuviera segura de que es la indicada... Gran oyabun, espero su respuesta.

—Mamille Yua, estaré en Aomori en tres semanas. Quiero tener una entrevista con esa joven. ¿Está segura de que es la indicada? No es la primera vez que trabaja con nosotros un extranjero, pero sabe bien que las reglas no se rebasan sólo porque sí. No quiero ningún error en esta decisión. ¿Está claro?

Antes de que mamille Yua pueda decir: "Está claro", se escucha el corte de la comunicación.

El día de la entrevista con el señor Asahi, mamille Yua está correctamente ataviada con un kimono negro con lotos dorados; a Verónica le pidió que se arreglara con un kimono verde claro con estampados de cerezos. Están citadas en un recinto oficial donde se encuentra el oyabun con tres de sus ayudantes. Es un espacio pequeño, con paredes de papel de arroz y pisos de madera, con algunas esteras de bambú forradas en tela azul marino; varios cojines con figuras geométricas en azul y blanco completan el mobiliario. En cuclillas, con una pequeña mesa entre sus piernas, el señor Asahi les hace una seña para que se acerquen. Las dos entran en silencio haciendo una larga reverencia, que dura hasta que están frente a él. Vestido totalmente de negro, con un rictus de solemnidad, les hace otro movimiento con la mano para que se sienten. Ellas se arrodillan en los cojines.

El oyabun del norte, el señor Asahi, mira de arriba abajo a Verónica. No la conocía.

—Mamille Yua, tengo entendido que usted ya no puede trabajar en las tres casas. Que su salud ya no se lo permite. Quiero hacerle un reconocimiento como gran colaboradora de la familia. Para recompensar su trabajo, quiero que sepa que la casa donde vive será de su propiedad, perfectamente legalizada. Además, recibirá mensualmente nuestro apoyo mediante una renta vitalicia. Todos sus gastos médicos serán con cargo a nosotros. Ésta es la forma en que los yakuzas damos las gracias a nuestro grupo.

Mamille Yua trata de contener las lágrimas, no sabemos si de agradecimiento o de desencanto, pero solamente se inclina hasta el piso.

—¡Gracias, oyabun, muchas gracias! Ella es Verónica, la joven de quien le hablé. Es la indicada para que ocupe mi lugar.

—Verónica, ¿sabes quién soy yo? —dice el señor Asahi.

—Sí, usted es el oyabun de la región de Tōhoku. El señor Asahi.

—¿Estás dispuesta a cambiar tu vida y entregarte de lleno a nuestra organización? Tú no puedes formar parte de la familia, porque eres extranjera, pero tenemos adjuntos que hacen el juramento de ser parte de la organización. Vas a jurar obediencia, respeto y lealtad. En caso de que falles o nos traiciones lo que obtendrás será la muerte. ¿Lo sabes, verdad?

—Sí, lo sé.

—Dime, eres mexicana, ¿verdad? —Ella asiente con la cabeza—. ¿Eres algo de una tal Aurora de Fukushima?

—Es mi prima, mi señor.

El señor Asahi golpea la mesa.

—Te prohíbo que vuelvas a verla. Ordeno que rompas los lazos con ella. Serás parte de la organización y no puedes dar informes de ninguna naturaleza a tus conocidos o a personas de otras familias. Vas a hacer a un lado todo vínculo de parentesco. Cuando viajes a tu país, tienes prohibido mencionar a qué te dedicas. Nos hemos hecho cargo de algunos fanfarrones que presumían ser yakuzas sin serlo, poniendo en riesgo a la familia. Entrarás en contacto con la agencia de modelos donde se supone que trabajas, para que recibas toda tu correspondencia en ese lugar. No puedes tener conmiseración por nadie ni por nada. Éste es un negocio. Y es el negocio de tu vida. A partir de este momento, estás protegida por la organización. Todo asunto lo tratarás con mamille Yua. Ella seguirá siendo el cerebro del negocio en esta región. Ahora, pasemos a una breve ceremonia: ¿juras que te entregas en cuerpo y alma a nuestra familia?

Verónica, que ha sido aconsejada por mamille Yua, inclinándose hasta tocar el piso con la frente, dice:

—¡Lo juro!

—A partir de hoy, eres mamille Sakura, que significa cerezo en flor. Tus nuevas obligaciones y derechos, entre otros, son: solamente podrás dirigirte a mamille Yua; en caso de emergencia o de algún problema con la justicia, podrás llamar a mi segundo, el señor Fudo; cada seis meses podrás salir de Japón; tendrás dos meses de vacaciones y regresarás con dos muchachas como mínimo; tu remuneración será la misma que la de cualquier mamille; contarás con tu vivienda propia; siempre estarás vigilada.

Por mucho que te sientas libre, en realidad no será así. Tienes que demostrarnos a lo largo de muchos años que realmente eres leal. Ahora pueden retirarse.

Hace un ademán para dar por concluida la entrevista. Mamille Yua y mamille Sakura hacen una reverencia. Su rostro ha cambiado al levantarse.

Las dos salen y Verónica está tan abstraída en sus pensamientos que no escucha lo que dice mamille Yua. "Ya soy mamille, ya soy mamille", se repite mentalmente una y otra vez. Su felicidad no puede ser más grande: es dueña de su vivienda, maneja el negocio y, sobre todo, ya no se tiene que prostituir. Eso vale todo. Ya no es una esclava sexual, ya no tiene que vender su cuerpo ni recibir humillaciones o golpes. Lo único que la inquieta es Aurora, su prima, su amiga, su confidente. Pero ahora tiene que ver por ella. Y no dejará que nadie enturbie su nuevo estatus. Ni siquiera el amor que, en realidad, ya no siente por Aurora.

Estar tan vivo…
¡Qué cosa tan misteriosa!
A la sombra de los cerezos.

Masaoka Shiki (1867-1902)

Alejandro Beltrones, el novio de Aurora, ignora el via-crucis por el que ella y su prima están pasando, ya que ambas jóvenes han convenido que no revelarán a nadie su situación, sobre todo porque más allá de que se les haya arrancado la dignidad, una profunda vergüenza las está carcomiendo y, como tantas otras, han cancelado de sus pensamientos toda posibilidad de pedir ayuda.

Como lo ha venido haciendo desde que Aurora se comunicara con él desde hace ya ocho meses, la llama. El teléfono suena. Se acerca para levantarlo. Aurora está contenta con Ayano. El sol hace brillar la casa mientras se coloca el auricular al oído, viendo a Ayano recostada en el piso, leyendo un libro.

—¿Bueno?

—¿Aurora?

Aurora cambia su sonrisa por preocupación.

—¿Alejandro?

—Hola, mi amor, ¿cómo estas?. Te extraño muchísimo, ya quiero verte...

—¿Están todos bien?

—Sí, pero yo no... ya no me importa que ganes mucho dinero o que estés despuntando como modelo... o si estás feliz en Japón o no. ¡Ya no me importa! ¡Ya no puedo seguir así! Quiero tenerte en mis brazos y decirte que te amo.

—Sí, yo también... Prometo hablarte más seguido.

—Por eso te hablo, Aurora, ¡estoy desesperado por verte! Lo único que me importa es tenerte en mis brazos y decirte que mi vida sin ti no tiene sentido. Hoy no he llamado para preguntar cómo estás, sino para decirte que llegaré a Tokio el miércoles de la semana próxima; voy por ti para traerte a México. ¡Ya tengo mi boleto de avión y en lo único que pienso es en abrazarte muy fuerte!

Aurora, al oír esto, se pone muy nerviosa y lo único que alcanza a responder es:

—Mi amor, está bien, está bien. Ya ven por mí.

—Perfecto, mi ángel, resuelve todas tus cosas y espérame en el aeropuerto de Narita. Estoy tan ilusionado que no he podido dormir en mucho tiempo. Te amo y quiero pedirte una sola cosa cuando estemos juntos otra vez; pero sólo viéndote a los ojos te lo diré. Te amo, te amo, que descanses. Piensa en mí.

—Yo... yo también te amo. Te veo el miércoles.

Aurora mira a Ayano con sus sentimientos encontrados. En cuanto cuelga el auricular se va a ver al señor Okajara, quien le ha permitido hablar con Alejandro para no crear sospechas. Okajara está seguro del amor de Aurora san y solamente quiere que ella se encuentre tranquila. Aurora sale por la terraza a buscar a Okajara y lo mira de lejos en el jardín zen. Está haciendo formas cósmicas mientras ella llega hasta el inicio del jardín y se quita el calzado. Okajara la mira y sonríe amorosamente, mientras ella se acerca a él con sus ojos vidriosos. Okajara se da cuenta. Y los dos se quedan parados junto a los árboles de cerezo que ya no tienen flores. Al verla pregunta:

—Mi amor, ¿está todo bien?

—No.

—¿Qué pasa, Aurora san?

—Señor Okajara —le dice al mismo tiempo que hace una reverencia—. Me acaba de hablar mi novio Alejandro. Me informó que viene por mí el miércoles y quiere que lo espere en el aeropuerto de Narita. Lo siento, esto no lo tenía previsto y no sé qué hacer. Si llega y no me encuentra, estando en Tokio seguro que irá a la embajada de México y tendríamos un problema.

El señor Okajara, el gran yakuza, siente un vuelco en el estómago y se acerca a ella para decirle con enojo:

—Esto no es lo que necesito ni deseo. ¿Quién demonios se cree que es? ¿Eh? ¡Lo voy a matar y ya no tendremos ningún problema!

—¡No! —exclama Aurora aterrorizada—. No diga eso, ese amor ya existía cuando tenía una vida propia, cuando elegía mi situación, cuando era… era alguien.

Aurora llora al recordar lo feliz que era con Alejandro, cuando iban de vacaciones a la playa, cuando en un atardecer hermoso y con brisa suave le pidió que fuera su novia, cuando todo era tan limpio y tan fresco.

—No le puede hacer daño. No puedes. No puede.

El gran oyabun, al escuchar esas palabras, se da cuenta de que ella ya tomó una resolución. Quiere regresar a su pasado, como si nunca hubiera vivido todas las atrocidades cometidas en su contra, incluso las de su propio amor, se dice a sí mismo el oyabun. En contra de su acostumbrada manera de proceder, Okajara parece calmarse y en un extraño arranque de generosidad le dice:

—Está bien, tienes toda esta noche para decidir qué vas a hacer. Sabes que te amo y quiero que estés conmigo siempre. Pero por este mismo amor, si me pides tu libertad, te la daré. ¿Entendiste...?

—Sí, mi señor. Mi gran señor.

Esa noche Aurora no duerme. Parece que su libertad está a punto de hacerse realidad. Cuántas veces ha soñado con tener esa posibilidad y ahora sabe que Dios, sí, su Dios, no se ha olvidado de ella. "Mañana le diré al señor Okajara que estoy dispuesta a irme y que lo llevaré siempre en mi corazón." Al pensar eso, se da cuenta de que hay en ella sentimientos que no puede definir sobre el señor Okajara: la ha salvado de morir, la ha salvado de enloquecer.

Por la mañana, después de desayunar, Okajara le dice:

—Ven, Aurora san, caminemos por nuestros jardines.
—Los dos caminan despacio, recorriendo esas majestuosas atmósferas de la naturaleza hecha estética por el hombre—. ¿Qué has pensado?

Conoce la respuesta pero espera a que ella le conteste.

—Mi señor Okajara, es tiempo de que vuelva a mi país, tengo ganas de ver a mi familia. Le estoy agradecida, porque de no ser por usted, yo nunca hubiera tenido esta oportunidad. Me voy dejando mi corazón aquí. Pero para vivir, necesito irme.

Okajara hace un esfuerzo para controlarse y le dice:

—Aurora, las cosas no son tan fáciles. Tendrás que salir inmediatamente. Yo no puedo permitir que mi familia sepa que te estoy dejando ir. Es imposible que deje ver ante ellos la debilidad que mi amor me hace sentir por ti. Soy el líder del clan más grande de los yakuzas. Le debo respeto ciego a mi cargo, el cual llevo con absoluta dignidad. La única explicación que daré es que ya era tiempo de dejarte ir: cumpliré con dejarte en el aeropuerto de Narita con tu boleto comprado y dos de mis guardaespaldas vigilando que entres a la sala de abordar. Recoge tus cosas, incluyendo todo el dinero que te di. Mejor dicho, que te ganaste. Te irás hoy mismo a un hotel cerca del aeropuerto de Narita. Mis chinpiras te estarán vigilando hasta que llegue el día de tu vuelo. Tienes prohibido salir, solamente puedes pedir comida al cuarto hasta que desaparezcas de mis tierras. No te permitiré despedirte de mi hija Ayano. Sufrirá al saber que te vas. Nadie puede hacerle el menor daño. No puedes dejar dos almas destrozadas en un mismo día. Cuando te vayas, yo no estaré. Saldré al centro de Japón y no sentiré nada. Nada sentiré… Adiós, Aurora san.

Se da media vuelta y la deja parada debajo de un árbol de cerezos que ha perdido ya todas sus flores.

Por primera vez en muchos meses, el vacío que Aurora siente dentro de sí la hace llorar; no sabe explicarse qué siente; la sensación en nada se parece a la que experimentó cuando fue prostituida; es algo que no puede acomodar en su corazón. Comienza a guardar sus cosas; es sólo una maleta en la que caben diez piezas de ropa y todos los yenes que Okajara le ha dado. Es toda la ganancia que Japón le dejó; las pérdidas son cuantiosas y no se pueden medir en dinero. Aurora ha perdido mucho de sí misma; quien quiera juzgarla podría decir que de ella ya no queda nada; pero Aurora sabe que una fortaleza, un endurecimiento del alma la cubre y la ayudará a soportar cualquier cosa. Con su maletita y su nerviosismo espera que nada cambie la decisión de Okajara. Al terminar de empacar escucha al señor Okajara decir:

—Ayano, vámonos.

—Papito, ¿y Aurora san?

Se oye cómo se cierra la puerta de un coche, que arranca. Aurora, con los ojos vidriosos, sale. En la mesita del recibidor está el pasaporte de ella junto a una flor de cerezo. Sube a la parte trasera del Mercedes blanco del jefe yakuza; adelante, los dos guardaespaldas esperan a que se acomode. Uno de ellos mete la marcha y comienzan a alejarse. Aurora deja atrás la casa de ese hombre de quien no sabe si fue para ella un ángel o un demonio; de lo que sí está segura, a menos que Okajara cambie de opinión en el último momento —se descubre pensando en esto como si en verdad deseara que Okajara la retuviera—, es que se va de Japón para siempre, que la liberación está a unos cuantos días, que se reunirá con Alejandro. Una extraña mezcla de sentimientos acompaña el recuerdo de su novio de México: ahora le parece tan sencillo, tan sin complicaciones, dedicado en cuerpo y alma a labrarse un futuro como abogado.

Algo del poder de Okajara, o su manera de tratarla, la hacen saber que no lo olvidará. Siente ya un poco de nostalgia por Ayano, la solitaria hija de Okajara; imagina que estará bien, la riqueza, piensa, será una compensación para esa niña. Mira cómo se aleja la casa hasta que no queda de ella más que un punto que, finalmente, desaparece.

Ya en el aeropuerto, después de pasar los controles de seguridad, Aurora ve que los chinpiras se alejan. Empieza a fingir un fuerte dolor abdominal; grita y se revuelca. Los paramédicos del aeropuerto la sacan de la sala de espera y la llevan a una pequeña sala de emergencias para auscultarla. Perderá el avión y así podrá encontrarse con Alejandro.

Después de tres horas de someterla a estudios, le dan un diagnóstico:

—Señorita, usted tiene una pequeña obstrucción intestinal. Le recomendamos que no viaje y que esté a dieta líquida durante veinticuatro horas.

Por momentos se siente avergonzada ante ella misma: se ha convertido en una maestra de la mentira. Pero han sido tantas lecciones de vida que aprendió de todas ellas para poder disimular sus emociones y sobrevivir a la degradación. Descubrió que aprender de la mentira es una profesión de la que toma tiempo graduarse. Ahora sabe que cuando alguien miente, aparecen sutiles alteraciones en la respiración. Para evitar esto, aprendió a inhalar y exhalar con la perfección necesaria para controlarse. Es una maestra en percibir y contar mentiras. Sabe que la mentira se detecta en el cambio de voz y que la palabra es el arma más poderosa. Y ella sabe corromperla.

Está consciente de que su maleta, con su ropa y sobre todo, con los yenes que le dio Okajara, se fue en el vuelo que la mafia tenía reservado para ella. Sabe que quizá nunca recupere su equipaje y que, al extraviarlo, perderá todo su dinero. Sin embargo, nada de eso es importante. Lo importante es que ella ahora es libre.

Aurora sale del aeropuerto sintiéndose, por primera vez desde hace mucho tiempo, total y completamente dueña de sí misma. Tiene que esperar casi quince horas a que llegue el vuelo de Alejandro. Solamente cuenta con su pasaporte y mil quinientos yenes, suficientes para comer y pasear un rato, aunque por momentos aún siente que la vigilan. A pesar de ello, se atreve a salir y caminar por el pueblo de Narita; ahora puede ver y llorar, disfrutar y gritar sin límite.

Entra a un pequeño restaurante de la región y pide los sushis que no había podido comer con el placer con el que ahora lo hace. Le parecen los manjares más exquisitos que jamás hubiera probado. Aderezado con libertad, todo le sabe maravilloso.

Caminando, descubre y entra a un templo budista. Está dando inicio una ceremonia; el intenso olor a incienso y los sonidos de tambores que dan la bienvenida a los creyentes la despabilan. Observa las ofrendas frutales y florales, en verdad hermosas. Aurora canta a los sonidos y a los colores, a la vida y a su alma, a la recuperación y al dolor. Canta a una Aurora que empieza a resucitar.

Finalmente regresa al aeropuerto a esperar en una pequeña banca las horas que faltan para la llegada de Alejandro. Un poco antes de que aterrice, va al baño a arreglarse para la cita más importante de su vida. La cita del presente, del futuro, de la sanación.

Aurora está parada hermosamente vestida con un kimono negro con toques rojos. Tiene su cabello alzado amarrado con palillos, pero dos mechones de pelo cuelgan coquetamente en su rostro. Es una mujer completamente diferente a la que una vez fue.

Aurora ve a Alejandro caminar por el pasillo rumbo a ella. Ella se llena de alegría, pero él pasa de largo, no la ha reconocido. Se para frente a él y le dice:

—¡Alejandro, Alejandro, soy yo, Aurora!

Él la mira y su rostro refleja sorpresa, desconcierto.

—Aurora, ¿eres tú? ¿Qué te paso? ¿Estás enferma?

Ella lo abraza y lo sujeta tan fuerte que él deja caer todo lo que trae en las manos para abrazarla y besarla.

—Mi princesa, ¿qué te pasa? Te veo muy delgada. Seguramente has perdido más de ocho kilos. Ven, mi niña. Creo que trabajaste mucho y la comida de aquí no te ha caído nada bien… Ven, que te quiero hacer la mujer más feliz del mundo. Te he extrañado tanto que me he dado cuenta de que mi vida sin ti no tiene ningún significado. ¡Déjame ver tus bellos ojos!

La retira para verla y trata de recordar cómo era antes. Su belleza sigue intacta, pero algo, o mucho de ella, ha cambiado. No puede reconciliar fácilmente a esa Aurora que tiene enfrente con su Aurora de los recuerdos.

—Alejandro, ¡cómo te he extrañado! Llévame contigo a tu vida, a tu mundo, ¡a donde tú quieras!

Y se suelta a llorar sobrecogedoramente. Es el sentimiento que aflora con el recuerdo del amor de su juventud: el hombre que la hizo mujer, el hombre que la enseñó a amar. Es el único hombre que ella puede aceptar después de convertirse en lo que ahora es: un despojo humano. Alejandro la invita a pasar cinco días en Tokio en el Gran Hotel Imperial.

Ya tiene reservados los pasajes del vuelo de regreso a México. Aurora no puede negarse y experimenta cierta alegría acompañada del terror de sentirse amenazada por todo lo que ha vivido en Japón. Se ha prometido no revelarle a nadie los suplicios por los que ha pasado. Está aterrada, tanto que piensa que nadie va a creer su terrible odisea. Así que calla, va a esconder todo en su corazón y en su alma lastimada.

Así, regresa a Tokio por primera vez desde que —le parece tan lejano y al mismo tiempo como si hubiera sido ayer— descendió del avión junto a su prima. Ahora, Aurora conoce el otro rostro de Japón y de los japoneses: una cultura fascinante en la que todos cultivan el respeto a los demás; la limpieza de las calles y de cada lugar es impresionante.

Alejandro la consiente y la lleva a comer a los mejores restaurantes de la ciudad. Por primera vez en ese país, ella está verdaderamente feliz, se siente protegida y disfruta de una libertad largamente deseada. Como simples turistas, se sorprenden de cosas como el silbido del semáforo en siga, el cual ayuda a los ciegos a cruzar las calles, o la manera en que los responsables de la administración de esa impresionante ciudad cubren el follaje de los árboles durante las noches para que no se enfríen. Literalmente, en una vida paralela a la de todos sus dolorosos recuerdos.

Junto a Alejandro, disfruta del teatro kabuki, de sus dramas legendarios y rituales, de las escenificaciones semejantes a liturgias, del despliegue de su estética.

La última noche que pasan en Japón van a cenar a un restaurante de Ginza, en el último piso de un edificio, desde el que pueden contemplar la ciudad en su esplendor. Alejandro pide una botella de champaña. El mesero abre la botella y, mientras se escucha el descorche, hay un sonido de violines de fondo. El mesero va a servir en las copas pero Alejandro con la palma de la mano le dice que no. Alejandro toma la botella y le sirve primero a Aurora. Ella sonríe. Ya no viste kimono, sino un vestido negro de noche.

—Brindemos porque estamos juntos de nuevo. Estoy profundamente enamorado de ti…

Alejandro está sonriente. Se pone de pie, saca algo de su saco y se arrodilla sobre una pierna. Aurora está bebiendo y, al ver que le muestra el anillo, se medio ahoga. Se le queda viendo.

—¿Aurora, quieres casarte conmigo? Quiero que pasemos juntos el resto de nuestras vidas.

Aurora se suelta a llorar de inmediato, cosa que Alejandro toma como un exceso de emoción por el momento solemne de su petición. Aurora piensa: "Si le confieso lo que he vivido va a asquearse de mí… No puedo, no puedo… Y si no se lo digo es un engaño… Pero no debe saberlo".

Alejandro la besa tan tiernamente que consuela su alma.

—Mi pequeña, siempre estaré contigo. ¿Te quieres casar conmigo?

—Sí, mi Alejandro. Prometo hacerte el hombre más feliz del mundo. ¡Te lo juro!

Él le pone el anillo mientras ella lo besa.

En el avión, en primera clase rumbo a México, la prometida brinda con una copa de champaña; mira su nuevo anillo reluciente en el dedo.

—Salud, por nuestro amor —dice Alejandro.

Ella en silencio brinda por dejar atrás Japón, el infierno de los yakuzas y… al señor Okajara.

Tropieza el pie
con el frío peine
de la mujer difunta.

Yosa Buson (1716-1783)

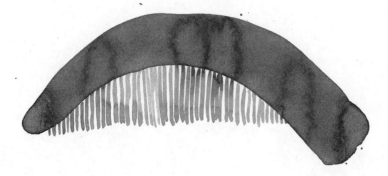

La nueva mamille Sakura, Verónica, se dirige a ver a mamille Yua. La encuentra recostada en un tatami, rodeada de almohadas e intentando contener los accesos de tos.

—Entra, Sakura, ¿cómo va todo? Yo cada vez me siento más acabada... —La mira agitada y con cierto rencor, velado por una amabilidad que no siente—. No olvides que sigo siendo tu jefa y tienes que obedecerme. Entiendes esto, ¿verdad?

—Sí, mamille Yua. Todo va muy bien. He venido a notificarle que se están terminando las inyecciones de La Casa Verde. Sólo quedan para este mes. Algunas chicas han tenido problemas renales con las soluciones. Dígame, mamille Yua, ¿qué tanto les afectan esos somníferos? Algunas sangran al orinar y otras sienten fuertes taquicardias.

—Mira, Verónica, a la larga, aunque muy a la larga, se les pudrirán los riñones. Pero hoy son jóvenes y aguantan.

Sus cuerpos son fuertes y tienen salud. Ningún cuerpo más allá de los cuarenta años puede tolerar ya los efectos de esas inyecciones. Son letales. Pero no te preocupes. Si alguna de ellas muere, en su cuerpo no quedará rastro de ningún quími-co. Los componentes de esa fórmula son indetectables hasta para el médico forense más experimentado. Hablaré a Tokio para que te envíen más inyecciones. Es más, comunícate tú misma, para que así empieces a tener control sóbre ellas.

Deja de hablar, pues la interrumpe un acceso de tos que parece que va a desgarrarle el pecho. Saca su pañuelo para contener la sangre que le sale de la boca.

Verónica habla por teléfono con el contacto y pide las inyecciones para los siguientes seis meses. Pero en su cabeza ya se está fraguando el plan: "Así que no dejan rastros las inyecciones… ¡Perfecto!".

—Mamille Yua, ya está arreglado. Necesito que me deje copiar su agenda para poder tener los teléfonos más importantes y no estarla molestando a cada momento.

La anciana le hace una seña para que tome de uno de sus cajones la agenda. Esto le abrirá las puertas a la nueva mamille Sakura.

Cuatro meses después, cuando Verónica le lleva los reportes y el dinero de su casa a mamille Yua, al entrar a la habitación se da cuenta de que está frente a una mujer que es casi un cadáver con los ojos cerrados y una voz que cuesta trabajo entender. Verónica se acerca y toma una mano huesuda entre las suyas; le acaricia la cabeza, aun-que con cierta repugnancia.

—¿Cómo está la hermosa señora? Le traigo los informes. Este mes hemos recaudado más que los anteriores. El negocio prospera y todos los pagos que se tienen que hacer a la yakuza han sido entregados. Hoy no la veo bien. —Mamille Yua no contesta, está agotada—. Mamille Yua, ¿me escucha?

El silencio se adueña de la habitación. Con gran tranquilidad, mamille Sakura saca de su pequeño bolso una de las inyecciones que usa en la casa de las bellas durmientes; le descubre el brazo a Yua.

—Maldita vieja, mira quién es tu verdugo ahora. ¿Tu pupila consentida? ¡Qué ironía, que la gran Sakura haya venido de tan lejos para ponerle fin a tu asquerosa vida!

En ese momento, el empequeñecido bulto de huesos trata de moverse. Verónica la somete y le pone la inyección poco a poco, la misma inyeccion que la vieja Yua ponía a tantas y tantas jóvenes vírgenes. Con más dosis, pero la misma.

—Así, asquerosa anciana, así morirás y nadie sabrá que te ayudé a hacerlo. Por todas ellas y por mí, ¡te deseo que llegues al infierno lo más rápido posible!

Pasa poco más de media hora y se empiezan a escuchar los estertores de Yua. Después de agitarse en una danza imposible para un cuerpo tan devastado, la muerte entra en ella. Su último suspiro es acompañado de una lágrima del ojo derecho. Frente al cadáver, Verónica murmura:

—Bien hecho, infeliz. Tu muerte es el principio de mi venganza. Ya no tengo a nadie encima de mí. Ahora soy mamille Sakura, ¡Sakura! La reina de este maldito mundo.

Arregla el cadáver para que parezca que murió después de un acceso de tos; pone en las manos de la muerta el pañuelo con sangre reciente y limpia todo lo que pudiera delatarla. Entonces sale de la habitación de Yua agitada y grita a los chinpiras:

—¡Ayuda, ayuda, mamille Yua se está muriendo!

Todos corren, alguien llama al doctor, que da fe de una muerte natural, ocasionada por la añeja enfermedad que la aquejaba.

Contrita, como si en verdad sintiera la muerte de la anciana, mamille Sakura hace saber que quiere preparar la ceremonia de despedida a mamille Yua y dice:

—Debo hablarle al gran oyabun Asahi para que me dé las indicaciones sobre qué hacer en este triste suceso. Cuando tenga la información, les avisaré. —Con gran autoridad, da sus primeras órdenes—: Mientras tanto, que venga el especialista para arreglar el cuerpo.

Se dirige a la que ya es su nueva oficina y marca el teléfono directo del gran oyabun Asahi. Sólo se permite usar esa línea en caso de emergencia. ¿Acaso no es ésta una? Entre sollozos dice:

—Gran oyabun Asahi, perdone que le hable directamente. Estoy notificándole que mamille Yua acaba de morir.

—Deberá tener un funeral fastuoso. Fue una de mis grandes colaboradoras. Te enviaré a algunos de mis hombres para que se encarguen de todo. No quiero que haya ningún desorden por la ausencia de ella. Sakura, desde hoy tienes la responsabilidad. Cuando todo termine vendrás a verme.

Y cuelga sin más.

Ataviada con un clásico kimono de color verde, después de tres semanas Verónica se encuentra frente al gran oyabun. Se inclina en máxima demostración de respeto.

—Señor, mi señor oyabun Asahi, estoy a sus órdenes.

—Mamille Sakura —dice Asahi, sentado en flor de loto en una especie de trono—. Estoy complacido porque se resolviera todo de la mejor manera: no hubo ningún disturbio, pudiste poner todo en orden. Me sorprende tu entereza. Todos reconocen tu liderazgo. Por cierto, ¿ya no tienes lazos con tu prima Aurora?

—No, mi señor Asahi. Ella ya no forma parte de mi historia.

—Eso está bien. Hace tiempo, el oyabun Okajara me la ofreció como regalo para sellar el pacto de nuestra alianza. Te confieso que es muy bella, pero pobre, es tan pequeña la miserable que no movió nada en mí. Supe que la regresaron a México.

—¿Cómo? ¿Ya no está en Japón?

—No, ella ya está fuera de nosotros. Cuando vayas a tu país, se te prohibirá verla. Ella no debe saber nada de ti. Y si por alguna razón ves a tu familia, dirás que encontraste un muy buen trabajo, en el que tienes que viajar por todo el mundo. Como ya no existe mamille Yua, la única que está frente a todo el negocio de Aomori eres tú. Por lo mismo, te quiero pedir que estés al mando como hasta ahora y que elijas a una sustituta mientras estás esos dos meses tan merecidos en tu país. Parte de tu liberación y, por supuesto, de tus vacaciones es traer a dos jóvenes que podamos prostituir. Ya sabes el movimiento y cómo engancharlas. Creo que es algo que nunca vas a olvidar. Si todas fueran como tú… Pocas, hay muy pocas como tú, querida Sakura. Si logras que podamos entrar de lleno en tu país sin ser molestados, tendrás todos los privilegios.

De entrada serás inmensamente rica y siempre te prote-geremos.

Satisfecha y ambiciosa, Verónica se inclina hasta el suelo y responde:

—Mi gran oyabun Asahi, yo estoy para cumplir sus órdenes. Mi señor, le traeré las mejores mexicanas que encuentre. Se lo prometo.

Asahi piensa que Sakura es quizá la más maligna de todas las mujeres que se atravesaron en su camino. Al salir de su entrevista con el oyabun, Verónica se dirige a una de las casas para encontrarse con Angela.

—Salgamos a caminar, tengo muchas cosas que hablar contigo. Después de la muerte de mamille Yua, la familia me ha nombrado mamille Sakura. Ahora estoy a cargo de las tres casas, pero necesito a alguien de confianza y he pensado en ti.

—Verónica ¿o Sakura? ¿Cómo puedo agradecerte el privilegio de que pienses en mí para trabajar a tu lado? Fíjate hasta dónde hemos llegado. Ahora somos nosotras las que estamos al frente del negocio.

—A partir de ahora, para ti y para todas las demás, soy Sakura —le dice Verónica impositiva—. Y no te equi-voques con el nosotras. El negocio lo llevo yo y tú eres mi empleada. ¿Entiendes? Quiero absoluta claridad en las cuentas y en las acciones que tendrás que realizar. Cuando esté ausente, serás mis ojos y mis oídos. ¿Podrás con todo?

—Claro, cuenta conmigo. Es una gran oportunidad para mí…

—Dejarás el bar, me acompañarás a todos lados para que aprendas cómo mandar y cómo poner inyecciones.

—¿Inyecciones?

Verónica, molesta, le dice:

—La primera orden que te voy a dar para que esto funcione es que no preguntes nada y, mucho menos, opines. Tú solamente ve, calla y obedece.

—Está bien, lo que ordenes.

—Tendrás un sueldo fijo y podrás ir a tu país una vez al año. Te mudarás a mi casa. Trabajarás exclusivamente para mí; a nadie, ni siquiera a ellos, le darás ningún reporte; solamente yo tengo la autoridad de hacerlo. Sabes muy bien que el silencio es lo más importante; el que habla, muere. Así que recoge tus cosas y diles a las chicas que, de ahora en adelante, trabajas con mamille Sakura. ¿Me has comprendido, Angela?

—Perfectamente, mamille Sakura. Estoy a sus órdenes.

Desde el avión, Sakura contempla la enorme mancha que es la ciudad. El mal entra a México.

Al contemplarlas intensamente,
aunque sean flores de cerezo,
nos duele el cuello.

Yosa Buson (1716-1783)

Doce de marzo de 2011. La voz del conductor de noticias comienza a invadir la pantalla:

Fuerte tsunami en Japón devastó por completo el poblado de Fukushima. Seguiremos informando sobre este cataclismo sin precedentes que el día de hoy asoló Japón. Vayan nuestras condolencias más sentidas a nuestro país hermano.

La voz del reportero en la televisión corta abruptamente los recuerdos de Aurora, regresándola al presente.

—Verónica, ¿sigues ahí? —Es la primera vez en muchos años que habla con su prima desde su regreso de Japón—. ¡El pueblo maldito está destruido! ¿Que piensas? ¿Verónica...?

La voz que contesta del otro lado del teléfono suena fría, metálica, hiriente.

—¿Verónica? No te engañes, Aurora. Verónica ya no existe. Murió hace muchos años, en Japón. Está tan muerta como todos y cada uno de los que hoy murieron en ese terremoto. Tal vez más. Sólo queda la gran mamille Sakura. Y ella ya nunca más estará para ti.

—¿Mamille Sakura? ¿De que hablas, Verónica?

—Te pido por favor que aunque el mundo se acabe, no vuelvas a llamarme. Adiós y que Dios, tu Dios, ése que dices que viste en la bruma dorada que presenciamos en el parque del palacio de oro, te acompañe. Yo, por mi parte, me quedo con el diablo, que es una mejor y más agradable compañía.

La risa cruel y descarnada y el sonido del auricular al ser colgado le hacen saber a Aurora que, fatal e irremediablemente, ésta es la última ocasión en que hablará con la que una vez fuera su amada prima.

Verónica deja el aparato telefónico y con pasos elegantes y felinos regresa a la alberca. Displicente, se recuesta una vez más en la tumbona y se despoja lentamente del sostén de su bikini. Deja que el sol la acaricie. Para acomodarse mejor se voltea. Al contacto con su piel, los rayos solares iluminan y hacen brillar un majestuoso tatuaje que decora su espalda, el cual, por su perfección, sólo pudo haber sido elaborado por un gran sensei de ese milenario arte. Una magnífica e irrepetible obra de arte: un árbol de cerezos negros…

Epílogo

La memoria es algo extraño.

Haruki Murakami

El aeropuerto de Narita luce impecable. Es el lunes 14 de marzo de 2012. Un año después del tsunami. Aurora llega a Japón después de tantos años, como sobreviviente de uno de los más aberrantes crímenes: la trata de personas.

La espera un guía, un amable y canoso japonés de complexión robusta, quien haciendo una gran inclinacion la saluda. La conduce a tomar el tren de Narita a Tokio, un trayecto de casi una hora. Al llegar suben al Shinkansen, el tren bala. En especial les toca viajar en el Hayabusa: asientos impecables de piel, con escabeles para subir los pies. Va tan rápido que es casi imposible ver el paisaje: suspiros que apenas se dibujan.

Antes de subir al tren, Aurora compra comida: unos triángulos de arroz rellenos de hueva de salmón, bordeados con un alga negra formando una franja. También compra una charola con sushis de cangrejo y diferentes verduras encurtidas.

En Fukushima encuentra la casa de mamille Kokone, gracias a que Aurora recuerda cómo llegar ahí —a pesar de que las repartían en una camioneta cerrada— y a que encontró entre sus pertenencias las cartas que enviaba a sus padres; en ellas, estaba la dirección de la casa maldita, como ella la llama. Decidida a llegar —porque encarar un pasado de esa naturaleza siempre es doloroso, e incluso está lleno de riesgos—, toma un taxi para ir al encuentro del recuerdo, un recuerdo construido de odio y rencor, aunque también de una gran necesidad de perdón.

"Ése es el maldito puente", recuerda. "¡Sí, ése es! Por ese puente caminé cientos de veces para hablar por teléfono".

Aurora está realmente alterada, casi en la histeria. Deja atrás el centro de la ciudad y sus enormes edificios y se adentra por unas callecitas muy típicas que conforman un barrio que bien se podría llamar de clase media. El taxista, de seriedad extrema, con un traje impecable y guantes blancos, busca la dirección que le ha entregado anotada en una tarjeta. El taxi se acerca a una casa disminuyendo la velocidad.

—¡Ahí está mamille Kokone!

El taxista se pone nervioso; quizá cree que no va a pagar porque aún no se detiene el auto y Aurora ya está descendiendo de él... Regresa a saldar la cuenta y el taxista le dice algo que ella ya no alcanza a escuchar.

Entonces, como si el destino se pusiera de acuerdo en las acciones, se da el encuentro. Mamille Kokone está regando unas plantas afuera de su casa. Aurora y ella se ven cara a cara, veintiún años después. Con una extraña rabia contenida, que le da a Aurora una cierta calma, pero que al mismo tiempo parece sacar de ella el odio guardado por tanto tiempo, le dice con la mandíbula apretada:

—¡Mamille Kokone, soy Aurora!

La anciana voltea, la mira y dice llena de asombro:

—¿Aurora, Aurora…? ¿Aurora san?

Tira al suelo la regadera e intempestivamente abraza a una Aurora que está paralizada por la actitud de la mamille. Aurora no esperaba una acción de esa naturaleza, sobre todo viniendo de la cínica y autoritaria proxeneta. Parece una vieja dulce y amable. No parece ser la misma mujer que destrozó tantas vidas, tantas jóvenes ilusiones y tantas familias; la misma que carga en su conciencia varias muertes. Tomando del brazo a una impactada Aurora, le dice:

—Aurora san, ven, entra a mi casa.

Pasmada por el recibimiento, mira a la anciana vestida con unos pants deslavados, con el cabello descuidado, en donde las raíces blancas compiten con un tono amarillento, lo que acentúa la decrepitud de una mujer en quien creyó que iba a encontrar gestos de maldad o un desplante de orgullo. Tiene la boca desdentada y los pocos dientes que le quedan están negros, como debe tener el alma. Aun así, detrás de esa fachada de senectud se ve a una mujer vital. Parece uno de esos animales feroces que, famélicos, siempre están al acecho.

Traspasan la puerta de la casa y entran desde el presente al pasado. Cuando Aurora intenta descalzarse, mamille Kokone niega con la cabeza; extraño, porque quitarse el calzado antes de entrar a una casa es una de las costumbres más arraigadas en Japón.

Aurora empieza a sudar de manera copiosa; es como si su inconsciente se activara: está frente a su verdugo, la mujer que le daba órdenes y la vejaba, la vendía, la humillaba, la que más de una vez la golpeó cruelmente. Parece que va a derrumbarse de un momento a otro, su rostro expresa miedo, el mismo que sintió cuando era una de las pupilas de la casa de Kokone. Su cara es una interrogante y quien no conociera su pasado no alcanzaría a entender los porqués que ahí se dibujan.

Mamille Kokone está feliz de ver a Aurora, le llama mucho la atención.

—Ven, te voy a enseñar la casa. Y tu cuarto, Aurora, donde dormías.

Es una casa muy grande, con muchos espacios. Ahora tiene dos comedores donde la vieja ofrece comidas y cenas caseras para sobrevivir. De una de las habitaciones sale una mujer de baja estatura, de ojos pequeños y con unos lentes gruesos; lleva el cabello amarrado con un lazo blanco, del mismo tono que su delantal. Mamille Kokone la presenta:

—Es Ao, mi cocinera, prepara las comidas para los clientes

Luego, pide a la mujer que prepare café. Es extraño que la mujer tome café en lugar de té, quizá se ha occidentalizado, quizá no sea sino una manía de su parte, un gesto de cortesía.

Después de dar sus indicaciones a Ao, toma de la mano a Aurora. Suben una escalera de madera muy estrecha y llegan a la planta alta. Se acercan a la habitación que durante un tiempo largo, medido por la tristeza y el dolor de ser humillada, ocupó Aurora. Una emoción indescriptible, mezcla de curiosidad y enojo, hace que su corazón palpite aprisa. Se sofoca y se detiene, negándose a continuar. Kokone jala de ella casi con ternura, una acción que a estas alturas parece francamente sobreactuada. Aurora está paralizada: frente a la puerta revive hambre, golpes, soledad y mucha amargura.

De forma íntima, como si se lo dijera a una hija que ha regresado a casa y encuentra su habitación tal y como la dejó al partir, Kokone pregunta:

—¿Te acuerdas, Aurora? Ésta fue tu recámara.

La anciana se dirige a ella sin remordimientos, con cariño y parece que hasta con humildad.

En esa planta de la casa hay cinco recámaras grandes; hoy vacías, en otros tiempos albergaron a cientos de muchachas enganchadas por agencias de modelos y *hostess* de restaurantes con promesas de un futuro no sólo mejor, sino extraordinario.

Ahora mamille Kokone vive sola con los recuerdos de su atroz y diminuto imperio, en el que era la jefa y la matrona, un peón más en la maquinaria de la yakuza. Ella misma debe estar sorprendida de que una de sus antiguas pupilas, una mujer que carga en su alma el recuerdo de la manera en que su voluntad fue quebrada, haya ido a visitarla desde un país lejano y del cual, seguramente, no tiene la menor idea. Sin lugar a dudas, se pregunta cuál será el motivo de la visita. Taimada, piensa que hay una amenaza para ella.

Aurora no ha dejado de transpirar. Sus ojos están rebosados de lágrimas, pero hace un gran esfuerzo para contenerse.

—Ven conmigo —le dice Kokone, quien parada frente a una cómoda, empieza a sacar algunas cosas con una desesperación que quiere ocultar. Siente alivio cuando encuentra una escultura de jade—. Mira, son Los Cerezos Negros, aquí los guardé.

Aurora no puede más y deja brotar el llanto y un largo gemido estremecedor.

—¿Cómo la ha podido conservar después de tanto tiempo? Es la que estaba a la entrada del bar. Usted llenó todo de cerezos, pero éstos eran los más hermosos. Cuántas veces la contemplé de día y de noche.

Intuyendo que las cosas pueden tomar un giro negativo para ella, Kokone dice:

—Ven, vamos a tomar café, Ao debe tenerlo listo ya.

Bajan al primer piso. El rostro de Aurora es el de una mujer que recuerda el momento más oscuro de su vida. El restaurante casero en que se ha convertido la amplia estancia sigue siendo para ella el comedor donde tantas veces compartió con otras el cruel destino de ser las mejores prostitutas extranjeras para los japoneses.

Ya sentadas a la mesa, Kokone, con la misma actitud de una abuela cariñosa, le dice:

—Aurora, qué bella estás.

Después, la deja sola unos minutos, pues va a su habitación a acicalarse. Al regresar le pregunta con un cinismo que raya en lo brutal:

—¿Comes con mamá Kokone?

Primero está a punto de negarse, pero después piensa: "Vamos, tengo esta cita marcada hace mucho tiempo".

Subidas en el auto de la proxeneta, que conduce Ao, la situación comienza a parecer delirante.

Mamille Kokone la lleva a un restaurante de fideos. La actitud de Aurora se ha transformado; se ha vuelto completamente sumisa, su inconsciente ha regresado a la época en que Kokone era su dueña, como si no entendiera que esta maldita mujer casi le detrozó el alma y la vida.

Aurora le pregunta casi en voz baja:

—Mamille Kokone, ¿qué pasó con el señor Okajara?

Kokone la ve con asombro y se cubre los labios con nerviosismo, como evitando contestar o como si no quisiera pronunciar ese nombre. Finalmente contesta:

—Después de que te fuiste, el negocio seguía prosperando. Pero hace diez años cerraron Los Cerezos Negros. ¿Te acuerdas de Cecilia? Fue asesinada en el bar. Un yakuza totalmente drogado creyó ver en ella un tigre que lo atacaba y con su daga la degolló. Ese yakuza era de los más apegados al gran oyabun, el señor Okajara. Como las autoridades ya estaban prácticamente sobre nosotros, llegaron de inmediato. Nos llevaron a declarar y, a partir de ese momento, la organización comenzó a desgranarse como el sorgo al viento. Yo tuve una desagradable visita de la yakuza. Después de ser golpeada brutalmente, me informaron que el bar se cerraba y que se llevarían a las chicas. Mientras todo esto pasaba, más de veinte de mis chicas se dieron a la fuga. Nadie sabe qué fue de ellas. No sólo cerraron Los Cerezos Negros, a mí me cerraron todas las puertas, ya no tenía acceso a nadie de la organización y constantemente me amenazaban. Aurora, si me faltan los dientes es por las patadas que me dieron durante las palizas; también perdí este ojo a consecuencia de eso —dice tocándose el rotro del lado izquierdo.

—¡Eso no es nada comparado con el daño que le hizo a tantas mujeres! —estalla Aurora con rabia incontenible—. Algunas murieron por causa suya.

Kokone se dobla sobre el tazón de fideos y sus lágrimas gotean sobre la sopa.

—¡Perdóname, Aurora, perdóname! No sé qué hacer para volver el tiempo atrás y borrar tanto sufrimiento que provoqué con mi codicia… —toma las manos de Aurora y con ellas se cubre el rostro mientras sigue suplicando su perdón.

—¡Ya, mamille Kokone, ya! —Aurora las retira incómoda—. ¿Qué pasó con el señor Okajara?

—Ordenó que me despojaran de todo el dinero que tenía guardado en casa y en el banco. Me quedé sin nada. La casa en la que vivo es mi único sostén… Perdón, Aurora, el señor Okajara murió hace cinco años. Sufría de cirrosis; lo último que supe de él es que se fue a su casa de campo y aceleró su muerte tomando todo el sake y el whisky que había en sus bodegas. Murió completamente solo. Ahora el gran oyabun es el señor Shujei, su segundo. Cuando la hija de Okajara, la señorita Ayano, se enteró de los negocios de su padre, lo repudió. Dicen que vive en Australia y que se cambió de nombre.

—¿Y Mónica?

—Ella también murió alcohólica, su hígado reventó. Mi señor Hikoru se suicidó. Dos años después de que cerraron Los Cerezos Negros entró en una gran depresión. No quería comer y estaba siempre ausente. Me decía que todo había estado mal, que la vida no tenía sentido y que cargaba mucha culpa. Una mañana lo encontré ahorcado en el baño. Lo desamarré gritando y llorando como loca. Quise revivirlo, pero ya llevaba horas muerto. Le besaba la boca amoratada y le decía que todo iba a estar bien. Pero todo estuvo mal. Muy mal. De alguna forma, quiso castigarme a mí también, y lo logró. El dolor por su muerte lo cargo muy dentro de mí.

Aurora tiembla por lo que escucha. De alguna manera, la muerte de Okajara la conmueve dolorosamente.

—¿Como cuántas jóvenes trabajaron para usted durante los años del esplendor de su negocio?

—Muchas, tantas que a mi viejo cerebro no puede acudir una cifra… No recuerdo. Las hubo que estuvieron uno o dos días, en especial las filipinas, eran feas y olían mal —se ve en el rostro de Kokone cómo sus arrugas parecen moverse, que sus gestos expresan que busca en el pasado los recuerdos de tantos años y que su memoria se resiste a aceptar que fue una mujer siniestra—. Fueron muchas… Pobres chicas… Estoy apenada, Aurora, muy apenada.

Para Aurora ha sido demasiado este primer día de su visita a Kokone, al lugar donde la infamia la dejó marcada para siempre; está demacrada y le tiemblan los labios.

—¿Qué la hizo convertirse en una madrota, en una proxeneta?

Con los hombros caídos y la mirada pérdida en el estampado del mantel, contesta:

—Eso no lo quiero responder. ¡Es más doloroso de lo que te imaginas!

Terminan de comer, si es que se le puede llamar así, ya que ninguna probó bocado. De pronto, con el semblante iluminado, Kokone pregunta:

—¿Puedo tomarte una fotografía? Me encantaría tener una con Aurora san, la mexicana.

Afortunadamente el restaurante está a media cuadra de su hotel. Antes de entrar, de manera inesperada, Kokone se voltea hacia Aurora y le hace una reverencia de cuarenta y cinco grados. Esta inclinación, que se usa tradicionalmente en Japón para pedir perdón, se conoce con el nombre de *saikeirei*.

—¿Me perdonas?

Aurora se voltea, así que Kokone se arrodilla y hace la reverencia más extrema —de nombre *dogeza*—, que significa que quien la ejecuta se autohumilla para obtener el perdón. Frente a Aurora, mete su cara entre sus rodillas.

—¿Me perdonas, Aurora san?

La imagen de esa anciana llorando irracionalmente y humillándose ante Aurora provoca asco, pero al mismo tiempo es una imagen liberadora. Acariciando la cabeza encanecida, Aurora dice:

—Sí, Kokone, te perdono, pero no quiero verte nunca más, ni en la vida ni en la muerte.

Aurora se da vuelta, dejando a Kokone de rodillas en la calle, siente que se va a desvanecer. No mira hacia atrás. Se ve aliviada: ahora comienza en verdad a desprenderse del pasado; empieza a descansar, entendiendo que las circunstancias y el destino a veces nos hacen padecer experiencias que cambian para siempre la ruta de nuestra vida.

Esa noche Aurora no duerme: llora hasta el agotamiento para sanar a su joven de veintiún años que recordaba vagamente llamarse Aurora en medio de la oscuridad del antro y de la casa de Kokone. Llora porque sabe que vino de lejos a rescatarla para acariciarla y darle consuelo. Y va a sacarla de ese lugar para siempre.

Al día siguiente, Aurora, la de veintiún años y la de cuarenta y dos, saldrán para siempre de Japón, libres y sin sombras que puedan someterlas al imperio del dolor o la vergüenza. Aurora se ama y ya podrá ser amada. No va a llevarse nada de esa tierra infausta.

En las afueras de la estación del tren, se dirige a un viejo y gran árbol. En una pequeña ceremonia, quema las cartas, las que la llevaron al lugar exacto. Con ellas se queman las humillaciones, las violaciones, el secuestro, todo el dolor, todos los recuerdos. Todo queda en cenizas y nada de eso volverá a cobrar vida.

Aurora cierra los ojos; sus labios se mueven como si de ella salieran oraciones o plegarias. Se inclina y derrama las últimas lágrimas de esta historia.

Se escucha quedamente que dice:

Yo los perdono a todos.

Sin dinero, sin posesiones,
sin dientes.
Totalmente a solas.

Taneda Santoka (1882-1940)

Los cerezos negros, de Ernestina Sodi Miranda
se terminó de imprimir en septiembre 2014 en
Drokerz Impresiones de México, S.A. de C.V.
Venado Nº 104, Col. Los Olivos, C.P. 13210,
México, D. F.